ナタリー

福ゐ行介
FUKUI KOSUKE

幻冬舎 MC

ナタリー

プロローグ

ナタリーの屈託のない笑顔の写真をジャケットの内ポケットに収め、助手席に置いたバッグが転がることがないよう細心の注意を払いながら、私は車を走らせている。バッグの中には彼女の遺灰を収めた小さなガラス瓶が入っていた。北に向かうという以外、行き先にあてはない。ただ、少しでも彼女の故郷に近い海で散灰しようという思いに駆られていたのが、常磐自動車道にのった唯一の理由であったのかも知れない。

群青に染まる夜明け前の高速道路は、さすがに交通量も少なく、はるか前方を走る車のテールランプと規則正しく後方に流れていく照明灯が、ニューヨークインターステートスルーウェイ87を彷彿とさせた。生まれて初めてマンハッタンの摩天楼を見るという彼女の瞳の中を、綺羅星のような灯りの群れが無数に泳いでいたのを覚えている。わずか20歳での死出の旅立ち……。しかも、それが未知なる東洋の国であることに不安はなかったのだろうか。ナタリーは無邪気な子供のようにリムジンバスの窓に額をつけたまま、流れゆく景色をいつまでも楽しんでいた。決して帰ることのない旅の始まりであったにもかかわらず……。

一

コーヒーカップを片手に森の中を歩くことが、最近の私の日課となっていた。それもそれほど早くない朝が、私にとってもっとも好ましい散策の時間帯であったのだが、短い秋が去り、すっかり丸裸になった木々の梢の間を餌を求めて飛びまわるレッドロビンやアメリカンブルーバードの姦《かしま》しい囀《さえず》りを聴きながら、少しばかり冷めたコーヒーを啜る、それは東京という狂騒と躁鬱に満ちた都会を離れることで初めて知り得た「真我《しんが》」を実感することが出来る至福のひと時でもあった。私がウェストキャンプの一軒家に住むようになってから早、5か月が過ぎようとしていた。

売れない写真家としての生活が、いや、人生そのものが一変したのは、このアメリカ東海岸でのとある取材の仕事を請け負ったことから始まったのだった。

「君は少し英語が話せると言っていたね。実は1年ほどの間、アメリカ東海岸の四季の写真を観光用に美しく撮ってきてもらいたいのだ」

時折、小さな仕事を出してくれていた旅行雑誌社の編集長はある日、私が独り身であることを見透かしたかのようにそう提案してきたのである。

妻とは2年前に別れていた。所詮、写真だけを生業としながら家庭をもつことなど無謀としか言いようがなかった。しかし、妻はそれでもいいと言い、看護婦の仕事を続けながら経済面で私を支えてくれていたのだが、そういった彼女の想いが次第に重荷となり、私の方からやり直しが利くうちに別れた方がよいと切り出したのだった。非情ともいえる突然の別離の宣告に彼女は驚き、嘆き悲しんだが、将来に全く展望を持つことが出来なかった私にはそうするしかなかった。自らの定まる見通しもない我《わが》儘《まま》な生き方で、彼女を不幸にはしたくなかったのだ。やがて彼女は去り、私はそれまでと同じように売れない写真を撮り続けた。

学生時代、友人と二人で2か月ほど東南アジアを旅行したことで、多少の英会話には自信はあったが、アメリカで生活しながら、しかも私がもっとも得意とする風景写真が撮れるという話はまさに夢のようであり、二つ返事で快諾したことはいうまでもない。

「これから間違いなく、あまり知られていないアメリカ東部への旅行ブームが起きる。

それを君に先取りしてきてもらいたいのだ。行き先はニューヨークだ。私の知り合いのフレミングという神父の実家が君の活動の本拠地となる」

この時、私の脳裏に浮かんだニューヨークのイメージといえば、誰しもが思い浮かべるあの聳《そび》え立つマンハッタンの摩天楼や、自由の女神以外の何物でもなかった。

「ニューヨークといってもかなり辺鄙《へんぴ》なところらしい。彼は近くの町に住む一人暮らしの母親の世話をすることと、彼が帰国する来年の夏までの間であれば、という条件つきでようやく家を貸すことを認めてくれたのだが、このプロジェクトの適任者は独り身の君しかいないと初めから決めていたんだよ」

編集長はそう言ったが、要は私のような貧乏写真家を、最低のコストで使いたいというのが彼の本音であろうことも分かっていた。

その後編集長は、1年間のアメリカでの取材活動に対する報酬などの条件を示し、私は彼の思惑通り、すべてを受諾した。期間は1994年7月1日からの1年間と決まり、パスポートやビザの申請、国際免許証の取得などをあわただしく済ませたのであった。

出発する3日前にはこのフレミング神父とも会い、彼の母親のことや、周辺の様子などについてのレクチャーを流暢な日本語で受けた。神職ということもあってか、誠実を絵に描いたような初老の紳士であった。来日して30年、横浜を拠点に布教活動を行ってきた彼は、来年の夏には引退し、故郷に戻って老いた母親と一緒に暮らすのだという。そして編集長が言った通り、神父は、現在はホームヘルパーやボランティアが行っている母親の世話を、彼が帰国するまでの間、私が務めるということでこの話を受諾したのだと言った。

「なあに、世話と言っても買い物やどこかに出かけるときの送迎くらいのことです。彼女は今年で82歳になりますが、まだまだいたって元気ですからご心配なく。ただ、その広さにはびっくりすると思いますが、庭の芝刈りだけは必ず行ってください」

さらに、母親は一人息子が日本にいるせいか、概して日本びいきであること、ニンニクの匂いが大嫌いであること、用事がなければ母親の車は自由に使っていいことなどをユーモアを交えながら述べたあと、

「ウェストキャンプは素晴らしいところです。きっといい写真がたくさん撮れますよ。成功を祈っています。来年の夏、そこでお会いしましょう！」と言って握手を求め、去っていった。私は1年間住むことになるウェストキャンプという地名をこの時知っ

たのであるが、初めてこの地を踏んだ時の衝撃は一生忘れられるものではない。
マンハッタンの狂気じみた喧騒は決して好きになれなかったが、ポートオーソリティから乗った長距離バスがハドソン川に沿って北上するにつれ、その景観は劇的に変化していき、バスが時折スルーウェイを降りて停車するどの町も、夏の日差しのもと、透明感に溢れ、広々とした芝の上に点在するカラフルな家々は、まるで童話の世界にでも迷い込んだかのように美しかった。つい数日前まで雑駁《ざっぱく》とはいえ、居心地のよさゆえに安住の地と信じて疑わなかった東京の街の印象が急速に脳裏から消え去り、私はあたかも異次元の世界に迷い込んだかのような錯覚を覚えたものである。そしてこれから1年の間、住むことになるウェストキャンプの小さな家の前に立った時、満天の星空と、縦横無尽に飛び交う蛍の群れが私の到着を祝福してくれたのであった。

コーヒーは瞬く間に冷めてしまう。初冬とはいえ、ニューヨーク州の寒さはやはり想像以上に厳しかった。そして瞬く間に色彩を失った世界は、春の再来が信じられぬほどに重苦しかった。とはいえ、編集長が言っていたように、私はソーガティーズという小さな町のアパートに住むサイモン夫人から、週に数回与えられるリストに従って食料や生活用品を買い届けること以外は、殆ど自由に車を使うことが許され、私はその車を使って、日本人が滅多に訪れることのないようなアメリカ東部の原風景を撮り続けるという生活がいたく気に入っていたのである。別れた妻が、彼女の勤める病院の医師と再婚したらしいという知らせを友人から受けたのはこの秋のことだった。それもまた、私の心を軽くしてくれたのかも知れなかった。

鋭利な刃物のように天を衝く針葉樹林のかなたには、今日もうっすらと雪をかぶったキャッツキルの山々がその厳しい稜線をのぞかせている。私は毎朝、この光景をカメラに収め、他の写真とともに日本に送っているのだが、編集長はいたくそれらの写真が気に入っているようで、すでに何枚かは旅行雑誌のグラビアを飾っているという。彼からはこの1年の間にニューヨーク州を中心として、近隣の州も巡るようにと指示され、実際、この秋には紅葉を求めてニューハンプシャー、バーモント、コネチカット、マサチューセッツの各州を巡ってはみたものの、実はわざわざ遠くに出かけずとも、私の住む家の周辺だけでも十分に絶景に出会うことが出来ているのだ。しかも、それぞれのシーンは季節の移ろいとともに恐ろしいほどに変化し、夢中になってシャッターを切ったものだが、私が使うコダクローム64の量も半端ではなく、編集長が苦笑いしているのではないかと、一人で笑ったこともある。撮影済みのフィルムはソーガティーズにある取次店で現像を依頼すると、概ね1週間で仕上がってきた。私は個々のカットの撮影データやメモしていたコメントを添えて、月に2回まとめて日本に送っていた。編集長はその成果に大いに満足しているようであった。

「そろそろ戻るとするか……」

ともすればこのまま日本語を忘れてしまうのではという不安感からか、私は一日中独り言を云っているような気がする。もちろん、稀に国際電話で編集長や日本に住む友人と話すこともあるのだが、14時間という時差で昼夜がほぼ逆転していることもあり、長話をすることは滅多にないし、何よりも電話代がばかにならなかった。

家を出て30分も歩けば、空になったコーヒーカップをもつ右手の感覚は手袋をしていても、殆どなくなってしまう。従って帰り道は速足にならざるを得ない。針葉樹の森を抜けると唐突に原野が現れ、その先には再び緩やかな斜面を伴った低木の茂みが広がっている。わずかに覗く木々の間からは、氷結により徐々に流れを失いつつあるハドソン川が晒《さらし》の帯のように横たわるのが見える。そして、さらに緩やかな坂道を登れば、そのハドソン川の対岸に果てしなく広がる森と、はるか地平線近くに見えるコネチカット、マサチューセッツのなだらかな山並みを眺めることも出来る。私の住む家は、そのような光景を一望出来る小高い丘の片隅にこぢんまりと建っていた。

「おはよう！　タカオ」

私がようやく「わが家」に辿り着き、靴についた泥を落としている時に声をかけてきたのは200mほど離れたところにあるマーティン家の次女、ティナであった。

「一緒にスケートに行かないかと思って。あの森の先に大きな池を見つけたの。ナタリーとレイモンドも行くと言っているわ」

「池とはこの先の大きな沼のことかい？」

私はこの秋、その沼まで歩いたことがあった。当時は辺り一面背の丈ほどの葦《あし》に覆われていたのだが、ガレージの隅に落ちていた古い地図でその先に大きな沼があることを知った私は、どうしてもこの目でそれを見たいと思い、枯れ切った葦をかき分けるように歩きながら、ようやくその沼のほとりに辿り着いたのだった。そして、そこで見た落日のすさまじさは今もって脳裏に深く刻み込まれている。

「ねえ、どうするの？」

そばかすだらけの顔が妙に媚びた表情に変わり、そこに低い初冬の日差しが当たっていた。

「悪いが今日はやめておくよ。これから取材に出なければならないんだ」

そう言いながらも、マーティン家の姉妹は何故こうも妖艶な表情をいとも簡単につくることが出来るのだろうと思う。

とりわけ10歳になったばかりのティナは妙に大人びていた。

「分かったわ。せっかくナタリーも行くと言っているのに……」

ティナは私の心を見透かしたかのような上目遣いを残して森の方へと走り去っていった。その先にマーティン家の末っ子にして長男のレイモンドの小さな体が見えたが、ナタリーの姿はどこにもなかった。ティナのいつもの「釣り」だったのだろう。

何よりも彼らの言うスケートとは、靴のまま氷の上を滑るだけのことであったのだが。

私はようやく家に戻り、セントラルヒーティングの燃料の残量を確認すると、電話の前に立った。サイモン夫人には毎朝8時半ちょうどに朝の挨拶と、その日の調達物資を聞くために電話を入れることになっているのだ。

「おはようございます。ミセスサイモン！」

「おはよう、タカオ。今日もとても素晴らしい天気ね！　そちらはどう？」

「ええ、こちらも青空が広がっています。たった今、散歩から戻ってきたところですが、気温は華氏23度、とても寒いです」

わずか5マイルほどしか離れていないにもかかわらず、サイモン夫人は必ずと言ってもよいほどにこちらの天気を尋ねてくる。そして、この後しばらく天気の話を続けるのが彼女の常であるのだが、これはこの町に住む人々共通の日課であるということを、私はここ数か月に及ぶ滞在で知ることとなった。女性同士の会話であればこの後に続くのは、決まって人気ソープドラマの話題であった。

「今年の寒さはとにかく異常だわ。タカオも風邪をひかないようにね。ところで隣の家の子供たちが庭を荒らしたりはしていないでしょうね。あの母子家庭は皆、行儀というものを知らないのだから」

私はここに来て初めて、管理人として与えられた任務の一つが、この隣家の住人による「不法侵入」の監視であるということを知ったのであった。だが、そもそも彼女が言うような無作法な行いは見たことはなかったし、恐らくは老人特有の過剰な警戒心に起因するものだろうと、私は特段、気に掛けることもなかった。

今、私が住む古びた平屋を含む敷地はゆうに1万坪を超え、私は最後までその境界線がどこにあるのかすら知ることは出来なかった。いや、所有者であるサイモン老夫人に尋ねても、夫が亡くなるまでは今の3倍の広さはあった筈だと言いつつも、ただ肩をすくめるばかりであった。

「隣家の人々はとても静かです。ご心配なく。今日は何か必要なものは？」

「午後からすぐ近くで会合があり、そのあとはそこでのパーティに出席するだけだから、今日は何もいらないわ。車は自由に使ってちょうだい」

私の決して流暢とは言えない英語を見透かしたかのように、一方的なサイモン夫人の電話が切れ、私はようやく2杯目のコーヒーを口にすることが出来る。

この日は、ここから15マイルほどのところにあるウッドストックの街に出かけることにしていた。ウッドストックは、ベトナム戦争の時代に大規模な反戦コンサートが開かれたことで一躍名を馳せ、その後は、世界中から芸術家が集まる街としても有名であり、この辺りではスキー場としても有名なハンターマウンテンとともに数少ない観光スポットだったのであるが、私の関心はそこにはなく、むしろその町に辿り着くまでの光景が殊の外気に入っていたのである。とりわけ、林間に点在する清楚な家々は、まるで地面から生えてきたのではないかと思えるほどにあたりの自然と一体化し、私はこれらの家々だけで十分に特集が組めるような写真を撮り続けている。そしてもう一つの目的は、この小さな町にある「ラーメン屋」を訪れることにあった。一通りの撮影を終え、決してうまいとは言えなかったが、冷え切った体にラーメンのスープを啜る瞬間が、たまらなく楽しみであったのである。

私は撮影機材を抱え、家に隣接するガレージへと向かった。ガレージと言っても、日本では十分に一戸建ての平屋と言えるほどの広さがある。芝刈り機やサイモン夫人の亡き夫が使っていたであろう大工道具などが、今でも主の用途にすぐにでも応えられるかのように整然と並べられていた。この家に住み始めての最初の大仕事が、広大な庭の芝刈りであった。

サイモン夫人が所有する十年落ちのフォードＬＴＤのエンジンはキーを回すと一発でかかった。そしてまさにギアを入れ、アクセルを踏み込もうとした瞬間、車の前に飛び出してきたのはナタリーだった。

「危ないじゃないか！」私は思わず声を荒げた。

「一緒に連れて行って！」

ナタリーはすばやく助手席に収まると、身を隠すように背中を丸めた。

「早く車を出して！　ティナに見つかってしまう」

私は言われるままに車を出した。

「ああ、よかった。最近ティナがますますあなたにご執心なのよ。邪魔されてたまるかだわ、全く」

「あはは、ティナはまだ10歳だよ」

そう言うナタリーもまだ18歳になったばかりであったのだが。

「今日はウッドストックだ。途中、写真を撮りながら行くけど、着いたらラーメンを食べよう」

「そうくると思ったの。うれしい！」

そういってナタリーは私の片腕にしがみついた。

「おいおい危ないじゃないか」


このあたりでやや長くはなるが、ナタリーとの馴れ初めについて語っておかねばならない。それは私がこの家に棲みついて2か月ほど経った8月の末のことであった。

このような田舎では東洋人がよほど珍しかったのか、隣家の姉弟は入れ代わり立ち代

わり遠巻きに私の様子を見にやってくるようになったのだが、

「これ、虫よけにいいの」

そう言って最初にわが家へやってきたのがティナだった。

彼女は、鼻を衝く匂いを漂わせながら、もくもくとくすぶるガマの穂をもってきたのである。散々やぶ蚊に悩まされていた私は、この何とも原始的な虫よけ法であったにもかかわらず、その抜群の効果に大いに驚くとともに、このアメリカにあってもこのように素朴な蚊遣りの方法があるものかと感心したものだった。栗色のショートヘアに大きな瞳が印象的な少女は、年甲斐もなく緊張する私を見透かしたかのように、子供とは思えないような「慈愛に満ちた視線」とともに私に向かってなおも話しかけてきたのである。

「あなたの名前は?」

「タカオ」

「あなたは中国人?」

「いや、日本人だよ」

「日本人に会うのはあなたがはじめてよ。何をしにこのウェストキャンプに来たの？」

「このあたりの美しい景色の写真を撮りに来たんだ」

「私もこのウェストキャンプの景色が好きよ」

「こんな素晴らしいところに住んでいる君たちがうらやましいよ」

「フフフ。あなたの英語、ちょっと変だけどとてもかわいく聞こえるわ」

「かわいいってどういうこと？」

「赤ちゃんが話しているみたい。大丈夫、これから私があなたの英語の先生になってあげる」

「それはありがたい」

私はこの時、素直に彼女の提案を歓迎したものだが、実際、それ以来彼女は毎日のようにわが家を訪れては、他愛もない話題を通して私に生きた会話術を教えてくれるようになったのである。ところが、すっかり打ち解けてくると、ティナの興味は、私の黒い髪とテーブルの上に雑然と置かれていた日本の食材に移っていったようだった。そして、英会話のレッスンには何時しか、弟のレイモンドを伴って来るようになっていたのである。私にとっては煩わしいと思える日もあったが、何よりも単純かつ、今どきの英語の表現方法などを学ぶには絶好の機会ともなっていたので、サイモン夫人には内緒で、自由に出入りさせていたのだった。当然、私は彼らにその対価として、「東洋の食べ物」をしばしば提供することとなったのだが。

田舎とはいえ、車を30分ほど走らせれば大きなスーパーマーケットもあった。しかし、東洋人が殆ど住んでいないためか、入手出来る日本の食材は、せいぜいコンソメ味のカップラーメンくらいしかなかったのだが、コメだけはカリフォルニア産のジャポニカ米を買い求めることが出来た。それ以外の必要な食材は、私の求めに応じて時折、編集長が給料から天引きしたうえで送ってきてくれた。

とりわけ、見様見真似で作ったチャーハンは彼らに大うけで、私はしばしば作らされることになったのだが、まったく水気のないパサパサのパンに、ハムを挟んだだけといったランチが日常茶飯であった彼らにとっては、大いにご馳走であったことだけは間違いなく、海苔を巻いただけのおにぎりですら、彼らは「ヤミー（おいしい）」を連発しながら頬張る有様であった。その一方で、私の会話力はこの姉弟との気兼ね無用ともいえるコミュニケーションのお陰で加速度的に上達していくのが分かるほどであった。

私はこの姉弟から姉がいることを聞いていた。いや、聞かずとも毎朝スクールバスを待つ三人の姿を何度となく見たことがあり、その姿は遠目にも美しく、私はこっそりと望遠レンズでその姿を追ったこともあるほどだった。35歳の私から見れば、殆ど娘のような年回りであったが、ティナにその姉のことを聞こうとすると彼女はいつも不機嫌になるのだった。

9月も半ばを過ぎたある日、そのティナが初めて姉、ナタリーを連れてきた。

「紹介するわ。姉のナタリーよ」

ナタリーは少しはにかんだようなそぶりを見せながら「ハーイ」とだけ言った。18歳と彼女は言ったが、私には十分に成熟した女性に見えた。ティナがそのまま成長したような端正な顔立ちで、美しく長い栗色の髪と短いホットパンツから伸びたカモシカのような足に、私は正直、目のやり場を失うほどだった。ナタリーは物珍しそうに家の中を眺めていたが、唐突にこう言ったのだった。

「日本ってどんな国？　どこにあるの？　私が知っているのはＴＯＫＹＯとＳＵＫＩＹＡＫＩくらい。ああ、それとＦＵＪＩＹＡＭＡも知っているわ。日本で一番高い山でしょう。あとは小さな自動車ね。この辺でもたくさん走っているけど、性能がいいって皆言っているわ」

確かに秋口、私は側面に日本の自動車メーカー名が書かれた巨大な船が、ハドソン川を遡上するのを見たことがあったが、この地にあって日本に関する情報はごく稀にニュースで流れる以外は皆無と言ってもよく、ナタリーが車のメーカーを列挙するのも無理のないことであった。事実、雪道に強いとされる日本製の前輪駆動の車は、この付近では圧倒的なシェアを誇っていた。

私は日本がどんな国と問われても瞬時に答えることは出来なかった。何よりも、ナタリーの魅力的な肢体に我を忘れていたからなのかも知れない。私がようやく口を開こうとすると嫉妬したのか、ティナが強引にナタリーの手を引いて、その場を去るのだった。

彼女は、終始不機嫌そうな顔をしていた。恐らくは日本人めずらしさでティナにそそのかされて私の様子を見に来たのだろうと思った。いや、ひょっとするとそこには東洋人に対する偏見があるのではないかとすら思っていた。残念なことではあったが、このニューヨーク州に来て以来、幾度となく東洋人を侮蔑するような言動に接したこともあったからだ。いずれにしても若く魅力的な彼女の前でうろたえていた自分がおかしく、私はしばらくの間、一人笑ったものだった。そしてこれが私とナタリーとの運命的な出会いとなったのであった。

しかし、その後1週間もたたないうちに、私は意外なところでナタリーの姿を見出したのである。それは私がその日の写真撮影を終え、暮れなずむ町はずれのガソリンスタンドで給油すべく、車を停めようとしている時のことだった。スタンドに隣接するコンビニエンスストアから、ナタリーが飛び出してくると、数人の男が彼女の後を追っていく姿を目撃したのである。私は彼女のひっ迫した様子から、これはただ事ではないと確信し、車を停めるや、ナタリーのもとに駆け寄ったのである。

「タカオ、助けて！」

彼女が私の名前を憶えていてくれたことに喜びを感じたものの、次の瞬間私は三人の男に囲まれているという最悪の状況に気が付いたのであった。

「お前は誰だ？」

一人の男がそう言ったように聞こえた。いや、その後も何事かを叫んでいたようであったが、全く聞き取れなかった。私は咄嗟《とっさ》に彼女のフィアンセだと答えた。幸い日本人は若く見られたことから、この点疑われることはなかったようだった。そしてナタリーも私にしがみつきながら「彼は私のフィアンセよ！」と言って口裏を合わせてくれたのである。しかし、順調だったのはそこまでだった。

気が付けば、仰向けになって倒れていた私を心配そうに見つめるナタリーの顔があった。そして激しい痛みを覚えた顔面を手で拭おうとすると、ナタリーはそれを遮り、その代わりに彼女のハンカチを私の頬にあててくれたのである。

「ありがとう、タカオ。ひどい目に遭わせてしまってごめんなさい。でもお陰で助かったわ」

ナタリーはそう言いながら今度はハンカチを私の額に押し当てたのだった。

「彼らは君の知り合いかい？」

「いいえ、この町の人間ではないわ。でも時々、見かけることがあったの。タカオが助けてくれなければ、今頃レイプされているところだった」

「僕が君を助けたって？」

「そうよ。何も覚えてないの？」

確かに殴られる直前、咄嗟にブルースリーの真似をしてみたところまでは覚えていたのだが、これで彼らが怖気《おじけ》づいたとは到底見えなかった。いずれにせよ、すでにそこに男らの姿はなく、代わりに迫りくる夕闇のなかでナタリーのしなやかな肢体がかすかなシルエットとなって見えるだけだった。

「さあ、帰ろう」

「送ってくれるのね」

「当たり前じゃないか」

この時から私とナタリーはその距離を少しずつ縮めていくことになる。

その翌日から時折ではあったが、ナタリーはティナやレイモンドと入れ替わるようにわが家を訪れるようになった。

「怪我の具合はどう？」

「腫れはだいぶ引いてきたけど、このひどい顔を誰にも見せぬよう、苦労しているよ」

私はテーブルの上に無造作に置かれたマフラーとサングラスを指さしながら言った。

「もっとあなたの国のことが知りたい……」

私はこの時から彼女のためにも少なからず時間を割かざるを得なくなったのであるが、若い魅力的な女性を前にすれば決して悪い気はしなかった。私は貧弱な語彙を駆使して、日本のありとあらゆることをナタリーに伝えるのが楽しみにすらなっていたのである。彼女も問わず語りに両親が数年前に離婚したこと、母親はスクールバスの運転手をしながら三人の子供を養っていることなどを私に語ってくれたのだった。そして、

「いつかあなたの国に行ってみたい……」

栗色の瞳を輝かせながらそう呟いたのを私は聞き逃さなかった。

「私をダッチカントリーフェアに連れて行って！」

ナタリーからそう誘われたのは、10月初めの爽やかな風が吹き抜ける日の朝のことだった。私は取材のことも忘れ、二つ返事でナタリーとの初めてのデートを受け入れ、心を躍らせたものだ。この日、私は初めてハドソン川を渡ったのだが、ナタリーにとってもそれは初めての経験のようだった。

「まるで海みたい！」

「君はまだ本当の海を見たことがないんだね」

「ないわ。マンハッタンにだって行ったことがない。タカオ、いつか連れて行ってく

れる？」

「いいとも！」

私は、ウェストキャンプには、ナタリーのように目と鼻の先である（と言っても100マイルほど離れているのだが）マンハッタンにすら一度も行くことなく、一生を終える人々の方が圧倒的に多いのだろうと思った。

ウォーターモアという小さな町にダッチカントリーフェアの会場はあったのだが、あたりにはローストビーフや、鳥のもも肉を焼く香ばしい香りが目に染みるほどの煙とともに充満し、射的や見世物小屋が並ぶ光景は、まるで日本の縁日と見紛うばかりであった。ナタリーはまるで幼い少女のように好奇の目を輝かせ、この地にあっては信じられないほどの人ごみのなかを、私の腕を引っ張りながら、あちこちに案内するのであった。私がそろそろ帰ろうかと促しても、

「もうすぐ、消防団のパレードがあるの。それに向こうでは牛や豚の品評会もやっているのよ。帰るのはそれを見てからでもいい？」と取り付く島もない。結局、私は彼女に言われるがまま、夕方近くまでをこの田舎のフェスティバル会場で過ごすことになったのであるが……。

私はこの頃からひそかに彼女にレンズを向けるようになっていた。それは決して写されることを意識していない素顔のナタリーが限りなく愛おしく思えたからだ。そして、彼女の存在を一段と強く意識し始めたのも、この頃からではなかったか。帰りの車の中で熟睡する彼女の美しい横顔を見ながら、私はただならぬ運命のようなものを感じ取ったのであった。

二

車は州道9Wを南下し、あっという間にサイモン夫人が住むソーガティーズの町を通り過ぎると、再びうっすらと雪をかぶった森と純白の原野が織りなす光景が広がるのだが、その美しさは雲一つない青空と相俟《あいま》って、筆舌に尽くしがたいものであった。

田舎道とはいえ、除雪はしっかりとしてある。もとより車なしでは生きていけない社会である。それでも、ところどころに雪だまりが残っており、車がスリップするたびに、ナタリーは子供のようにはしゃぐのだった。

気に入った風景が目に入ると私は車を停め、ナタリーに機材の入ったバッグの一つを担がせて撮影ポイントに向かうのだが、道路をはずれれば、膝のあたりまで積雪がある場所もあり、私はナタリーの手を取りながら、歩を進めることもあった。正直、こうして誰もいない純白の雪原の中で、ナタリーを押し倒して抱きしめたいと思ったことも一度や二度ではない。ナタリーが私に好意を抱いていることは間違いなかった。

ただ、その好意が純粋に恋の対象としてなのか、単に東洋人に対する興味なのか、或いは片親であるがゆえの父親への憧憬によるものなのかは分からなかった。であるから、そのような衝動にかられる時はいつも「彼女にとって俺は父親なのだ」と自分自身に言い聞かせながら、気付かれぬように大自然の中に佇む彼女の姿をカメラに収めるのであった。

私とナタリーが数か所での撮影を終え、ウッドストックの街に辿り着いたのは午後1時を少し回った頃だった。観光地とはいえ、冬のこの時期、さすがに人影はまばらであったが、お目当てのラーメン店は開いており、それなりに繁盛しているようだった。経営者は日本人ではなかったし、ラーメンと言っても麺は短く、しかも箸でつかむとすぐに切れてしまうような粗末なものであったのだが、スープの味だけは格別で、他の客は皆、満足そうにその味を楽しんでいる。ナタリーも不器用に箸を使いながら、「おいしい」を連発していた。

そして、それは二人で店を出た時のことだった。窓ガラスが曇るほどの熱気から解放されたナタリーは、その急激な温度差にめまいを感じたのか、突如、踵を返し、ふらつくように私の胸に飛び込んできたのである。そして私に言ったのだった。

「タカオ、私死ぬかも知れない……」

それはあまりにも唐突であり、衝撃的な一言であったため、私は聞き返さざるを得なかった。

「今なんて言った？　何の冗談？」

「私、死ぬかも知れないって言ったのよ」

ナタリーの顔は真剣だった。

「それはどういう意味？」

「これ……」

ナタリーは手袋を外し、左手を私の前に差し出したのだった。そのひとさし指の爪が異常に黒く、よく見るとそれが筋状に広がっているのが分かった。だが、それが何故死につながるのか、この時の私には全く理解出来なかった。

「これが何で死ぬことと関係があるの？　医者には……」

私はそう問いかけようとしたものの、かろうじて後半の言葉を飲み込んだ。

彼女の家庭は医療保険とは無縁であることを知っていたからである。それは10月の末、ソーガティーズの町中の子供たちがハロウィンで盛り上がっている時のことであった。ティナもその日、粗末ではあったが、仮装用のドレスを紙で作り、弟のレイモンドとともに私のところにも菓子を求めてやって来る筈であったのだが、顔をみせたのはレイモンドだけであった。この時、ティナが高熱を出し、ここ数日学校を休んでいることを知り、私はレイモンドとともに、ティナに渡すつもりだった菓子をもってマーティン家を訪れ、この時、初めて母親のイザベラに会ったのだった。一通りの挨拶のあと、私は何気なく何故、彼女を病院に連れて行かないのかと尋ねた。イザベラは私より3つ年上の38歳、しかし到底、その年とは思えないほどに彼女の容貌は老けて見えた。二番目の夫とは6年前に離婚し、ナタリーが語っていたように、今はスクールバスの運転手をしながら、三人の子供を養っているという。

「生活保護を受けている身で、保険なんて掛けるものではないわ。ましてや、そんなゆとりはわが家にはないの。ティナには解熱剤をのませているから心配しないで」

彼女は酒焼けしたようなかすれた声でそう言った。どこか投げやりな物言いだった。

私はマーティン家が、生活保護を受けているということをこの時初めて知ったのだった。

「人生早まったわ」と彼女は何度も言った。ナタリーは彼女が20歳の時の子供だったことになる。しかも驚いたことに、イザベラには前夫との間にも娘がおり、今は別れた夫と暮らしているという。生活保護を受けているのであれば医療などは当然、無料なのではないかと思ったものだが、この時、アメリカにおける弱者への援助が、極めて希薄であることを私は知らなかった。

「学校で友達に言われたのよ。この黒い爪は死の病の前兆だって。でも別に痛くもないし、体調だって悪くはない。きっと私をからかっただけだわ」

「一体いつ頃から？」

それを聞いてどうなるものでもなかったが、私は殆ど反射的にそう尋ねた。

「気が付いたの1か月ほど前よ」

「どこかで指を挟んだとか、強く打ったという記憶はないの？」

私は身振り手振りを交えながらそう尋ねたが、ナタリーは肩をすくませるばかりであった。

「ともかく今日はこれで帰ろう。撮影は中止だ」

元来心配性の私は、もはや冷静に写真を撮る集中力を失っていた。

「ここから一番近い病院はどこ？」

「タカオは知らないの？　病院なんて簡単に行けるところではないわ」

「それはどういう意味？」

「とんでもなく高いお金を取られるのよ。もし手術にでもなったら一家は間違いなく破産するってママはいつも言っているわ」

「そんなに医療費が高い？」

「私にはよく分からない。だって病院になんか行ったことがないんだもの。それに……」

ナタリーはさらに何かを言おうとしていたが、

「そうだったのか。だったら僕が連れて行くよ。お金の心配もしなくていい」

私は彼女の言葉を遮り、何の根拠もなくそう言った。

「いいのよ。きっと大したことないわ。私が死んじゃうなんて言ったからなのね。本当にごめんなさい」

ナタリーはすまなそうに私の肩にもたれかかってきた。彼女にとってやはり私は父親代わりなのかも知れない。何せ、私は彼女の母親とほぼ同じ年代なのだ。私は彼女の肩を抱きながらそう思った。いやそう思おうとしていた。

「なんだか雪が降りそうね」

ナタリーは一言そう言うと、押し黙ったまま、助手席のシートに身をゆだねた。

ティナにばれぬよう、家の少し手前でナタリーを降ろし、車をガレージに収めると、大急ぎで玄関の鍵を開けた。そして、セントラルヒーティングのスイッチを入れると、冷静になるべく、机の前に座った。私はこれから二つのことをしなければならなかった。一つ目、それは彼女の指の黒い筋の正体が何であるのか、そして何故それが死を暗示するような兆しであるのかを知る必要があった。そしてもう一つは、無保険で診察を受ける際の手順とあらかたの料金を知ることだった。しかし、そのどちらも自力で調べる手段がなかった。私は考えた挙句、編集長に依頼することにした。指の件は家庭医学事典などで調べてもらえばある程度分かるだろうと思ったからだ。問題はアメリカで受診する際の料金だったが、これもくだんの神父に聞けば、おおよそのことは掴めるかも知れないと考えた。時刻は午後3時を過ぎていた。日本は真夜中であったので、私は編集長への直通電話に依頼のメッセージを残した。その日、雪が降ることはなかった。

3日後、私は電話のベルで目を覚ました。受話器を取ると懐かしい編集長の声だった。

「どうだ、元気にやっているようだな。フィルムは間違いなくほぼ2週間おきに届いているよ。いい写真ばかりで満足している。今の時期は仕方がないのかも知れないが、雪の季節が終わったらまた遠出もしてもらいたい」

編集長はひとしきり仕事の話をし終えると、ところでといって話題を切り替えた。

「一体、誰のことなんだい？」

「隣に住む18歳の女の子のことなのです」

「まさか、その子といい関係になっているというわけではないだろうね」

「そのようなことはありません。ただ、時々仕事を手伝ってくれるものですから。その彼女が学校で友達から、黒い指は死の病だと言われたというのです。私には何が何だか分からなかったものですから、編集長のお力を借りようと思って」

「私なりに家庭医学事典で調べてみたのだが、単なる指の打撲というほかに、メラノーマという病気の可能性もあるとあった。メラノーマとは皮膚がんの一種だそうだ。しかも、かなり質の悪いがんで、手遅れになると致死率は非常に高いと書いてあったよ。ただ、症例としてはそれほど多くはないそうだ。多分、いつもの君の思い過ごしだと思うよ。若い女の子だったら、打撲の一つや二つは日常茶飯事ではないのかい」

編集長のある部分楽観的とも言える言葉に私は少しばかり安心したものの、一方でメラノーマという言葉と、それが意味するものの恐ろしさを知ったのもこの時であった。

「あ、それから医療費の件、フレミング神父に聞いたよ。保険がなければ、診察だけで250ドル。処方箋が出ればさらに100ドル前後というのがそのあたりの一般的な相場だそうだ。それに別途薬代がかかるだろうとも言っていたよ」

私は礼を言って電話を切った。

この時の私にとって、250ドルは大金であったが、それでも私はナタリーをクリニックに連れて行く許しを得るために、イザベラに会おうと思った。その日の撮影を終え、夕食を済ませると私は意を決し、外に出た。彼女がすでに帰宅していることは、1時間ほど前に彼女の車のヘッドライトが見えたことで分かっていた。

予報に反して、午後になってから雲行きが怪しくなり、凍てついた北風が、降り積もったばかりの乾いた雪を舞い上がらせていたが、私はその微かな雪明りを頼りに彼女の家へと向かった。そしてノックをしようとしたとき、中からイザベラ、ナタリー、ティナが激しく言い争う声と、レイモンドの取り乱したような泣き声が聞こえてきたのだった。

家族間の言い争い、何を言っているのか聞き取るのは難しかったのであるが、どうやらナタリーが病院に行きたいと言ったことに端を発しているようであった。

「生活保護を受けているうえに借金を抱えていることを忘れたのかい。もう病院の話はたくさんだ。これ以上、私を困らせないでおくれ」

「それでもあなたは私の母親なの？？」

「私だって我慢したのだから、ナタリーもそんな爪の怪我くらいで病院にいくなんて生意気よ！　メイ姉さんのこと忘れたの？」

明らかにティナの声であった。

私はいたたまれず、踵を返した。日本では当たり前ともいえる医療が、誰しもがあこがれてやまないこのアメリカ合衆国にあっては、かくも不公平かつお粗末なものであることに改めて驚いたのであった。この時、私はティナが言っていた「メイ姉さん」とはイザベラと前夫との間の娘のことだと思い、それ以上深く考えることはなかった。

案の定、午後10時を過ぎた頃から雪は本降りとなり、私は固いパンと分厚いハムを交互にかじりながら、この先どうするべきかを考えていた。あまりの寒さで、幾重にも重なった氷の結晶が、窓ガラスを徐々に被い始めていた。この分だと明日の朝、車を出すことは出来ないだろう。ガレージから州道までのドライブウェイの除雪が必要となるからだ。私は気持ちを落ち着かせるために玄関先に置いてあった缶ビールを取りに行った。暖房の届かないポーチは、絶好の冷蔵庫でもあったのだが、部屋に戻り、缶の蓋を開けた途端、ビールが噴水のように一気に吹き出した。私はサイモン夫人が「寒さがひどい時、缶類は外には置かず、室内の冷蔵庫に入れておくように」と言っていたのを思い出し、思わず苦笑した。

（相当取り乱しているな……）寒暖計を見ると外気温は華氏7度（氷点下25度）を指していた。このような寒さは初めての経験だった。室内に移動させた缶ビールの膨らみが収まっているのを確認して、恐る恐る2本目のプルタブを引いたが、幸い、今度は爆発することはなかった。この夜、悲観的な思い込みが強いという損な性格を封じ込めるかのように、私は味の薄いビールをひたすら飲み続けたのだった。

翌朝、目を覚ましたのは10時過ぎだった。依然として雪は降りやまず、積雪はすでに40㎝を超えているようだった。慌ててサイモン夫人に電話したが、もちろん買い物は不要ということだった。隣のマーティン家は雪に霞んで見えなかった。時折、猛烈な風が、乾ききった雪の結晶を白煙のように巻き上げているのが見えた。メラノーマという言葉が何時までも脳裏に刻まれたまま、消えることはなかった。私は気を紛らわすように、この日もビールを飲み続けた。

　雪が降りやんだのはその翌日のことだった。積雪はほぼ60㎝に達していた。この時期にこれだけ積もるのは滅多にないこととサイモン夫人は言っていたが、とにもかくにも、州道までのドライブウェイの雪を掻かなければ、どこへ行くことも何をすることも出来ない。私はスコップをもって外に出た。空はすっかり晴れ上がり、純白の世界のなか、辛うじて除雪された州道のみが黒い帯のように続いている。そして久しぶりにキャッツキルの山々が神々しいばかりの陽光を受けながら、下界を睥睨《へいげい》しているのが見えた。結局、この日は終日、雪かきに費やした。雪質は乾いていたため、さほど重くはなく、私はアップルワインのボトルをほうり投げては、そこまで雪を掻いて、ワインをラッパ飲みするという作業をひたすら続けたのだった。そうすることで、徐々に邪念が消えていくような気がした。時折、マーティン家の様子を窺ってはみたが、ひっそりと静まり返ったままだった。

恐ろしいほどの静寂のなか、時折、鹿の群れが木々の間を駆け抜けていくのが見えた。秋頃まではドライブウェイの両側に植えてある洋梨の木の実を狙って、毎朝のように来ていたのだが、今は森の奥深くに身を隠しているのだろう。一刻も早く、ナタリーの母親に会い、何としてでも彼女を病院に連れて行く許しをもらわなければならないという思いだけは変わらなかった。

2日後、私はようやくイザベラに会うことが出来た。彼女が仕事から戻ってくるタイミングを見計らってマーティン家を訪ねたのである。しかしながら、彼女の態度は頑なままだった。

「タカオの気持ちはありがたい。でも、ナタリーだけにそのような特別扱いをするわけにはいかないのよ」

これがナタリーの母、イザベラの言い分だった。そしてこうも告げたのだった。

「来年の6月には彼女はハイスクールを卒業するわ。そうなれば、彼女は仕事に就くことになる。そして、そこで保険にだって入ろうと思えば入ることが出来るの。だからそれまでのことよ。たかだか指先のことでタカオはナーバスになりすぎよ」

そばにいたティナが悲しそうな表情で私を見つめていた。

確かにイザベラの言う通りかも知れなかった。好意とはいえ、この時、ナタリーだけを特別扱いする正当な理由はどこにもなかったのだ。医師でもない私が、予断でメラノーマの可能性を指摘することなど出来よう筈もなく、私はただ、引き下がるしかなかった。

ナタリーは学校が冬休みに入ると、再び私の取材についてくるようになった。別段、体調に変化があるようにも見えず、あの時以来、自らの指のことを話すこともなかった。嬉々として私の撮影の手伝いをしてくれていたのだが、彼女自身をモデルとして写真の中に取り込むことも、いつしか当然のこととなっていたし、彼女自身もそれを意識し始めていた。ナタリーは実に絵になる女性だった。あどけない少女を思わせると思えば、18歳とは思えない妖艶な表情を見せることもあった。

これまでも、悲観的な部分における思い込みの強さは人一倍強いとの自覚もあったことから、今回も単なる思い過ごしに違いない、私はいつしかそう思うようになっていた。

ニューヨークの冬は厳しかったが、それにもまして、ナタリーと二人で過ごす時間が、私にはこの上なく楽しかった。しかし、35歳と18歳、父親というにはあまりにも若く、恋人同士というには年が離れすぎているというこの中途半端な年齢差が、しばしば私自身を苦しめるのだった。

「もうすぐクリスマスね」

取材を終えて帰路につく車の中で、ナタリーは凍てついた山々を眺めながら言った。

「クリスマスは家族と過ごすんだろう」

「分からないわ。最近は誰とも話していないの」

私は彼女の爪の件で余計なことをしたのが原因ではないかと思った。家族で大喧嘩していたのを盗み聞きしたことは言えなかった。

「でも、まさか二人でクリスマスのお祝いをするというわけにもいかないだろう」

「何故？　二人でお祝いしてはいけないの？　それはタカオがクリスチャンではないから？」

私は答えに窮した。彼女がますます私に近づいてくるのが分かった。

民家もまばらなウェストキャンプにいてはさほど感じなかったが、敬虔なクリスチャンが多く住むソーガティーズの町は、クリスマスに向けて静かな祝福ムードに包まれていた。私は単に、商機創出のためだけとも思える東京の狂騒的なクリスマスの光景を思い出し、その軽率さを思わずにはいられなかった。

「タカオは何時日本に帰るの？」

ナタリーが真剣なまなざしでそう尋ねてきたのは、クリスマス・イヴの夜のことだった。

「教会には行かなくてもいいの？」

「私は行きたくないの。家族は皆で出て行ったわ。イザベラとはこのところいつも喧嘩なの。それに……私はタカオと一緒にいたかったの」

この夜のナタリーは妙に大人びて見えた。

「多分、日本に帰るのは来年の夏頃だろう。いや、もう一度燃えるような紅葉を見てみたいから、それまでいたいと思ってはいるんだが。もっとも仕事をさせてもらえればの話だけどね」

「私、タカオと一緒に日本に行きたい……」

一心に私を見つめるナタリーのうるんだ瞳とこの言葉に、私は殆ど理性を失いかけていた。決して一線を越えてはいけないという自戒の念は、彼女への感情移入が進めば進むほど、苦しいものになっていたのだった。私はナタリーの肩を抱き、そっと私の胸元へ引き寄せ、唇を重ねた。しかし、そうしていながらも、私の逡巡が消えることはなかった。あまりにも大きな年齢差は言うに及ばず、何よりもいずれは日本に帰る身でありながら、ナタリーを愛してしまってもいいのかという思いが堂々巡りのように終始、私の脳裏から離れることはなかったのである。

「今日はもうお帰り」

私が辛うじてそう言うと、ナタリーは少し驚いたような表情を見せたが、静かに頷くと私のもとを去っていった。

消し忘れたラジオからは雑音交じりのクリスマスソングが流れていた。

漠然とではあったが、彼女の人生に対し、全責任を負うことになるかも知れないと思い始めたのはこの時からであったのかも知れない。

三

私は、彼女が家に戻るのを見届けるや、殆ど反射的に車を出し、ソーガティーズの町を目指した。彼女をそのまま帰してしまったことが、あまりにも苦しく切なかった。そして私の心に潜む釈然としない様々な想いを振り払いたいと思ったからだ。

除雪されているとはいえ、夜道はよく滑った。時折、小動物が眼前を横切ることもあったが、20分ほどでソーガティーズの町中に入った。そしてサイモン夫人の家の近くに車を停めると、私はしばらくの間静まり返ったイヴの町を歩いた。

街灯は少なく、空には満天の星が輝き、雪明かりに映えるパステルカラーの家々の窓の一つひとつに、ろうそくの明かりが灯っていた。その仄かな明かりを見ながら、今夜の出来事が、決して刹那的な感情の昂《たかぶ》りに起因するものではなかったことを改めて確信し得たのだった。ただ、やはり胸につかえるものがあった。それは結局、年齢差でも国籍や宗教の違いでもなく、彼女の指先のことであったのである。

新年に入ると穏やかな日が続き、私は撮影とサイモン夫人の僕《しもべ》としての仕事を以前のように続けていた。あの日以来、ナタリーが訪ねてくることはなかった。冬休みが明け、毎朝、スクールバスを待つ三姉弟の姿を遠くに見ながら、いや、会おうと思えばすぐにでも会える距離にありながらも、こちらからマーティン家を訪問する理由はなかった。

私は今尚、あの夜のことを反芻していた。彼女が躊躇《ためら》うことなく身を委ねてきたのは単に若さゆえの未熟な感情の昂りがなした業だったのか、或いはそれまで信じて疑わなかった彼女の私に対する好意的態度は、ただの妄想に過ぎなかったのだろうか。それともあの夜、そのまま帰してしまったことで、彼女は私の好意を信じることが出来なくなったとでもいうのか。いずれにしてもナタリーに会い、彼女の本心を今一度確かめたいという思いは日に日に募るばかりであった。

編集長からの手紙を受け取ったのは、そんな悶々とした日々を過ごすある日のことだった。そこには春になったら行動範囲を広げてほしいというリクエストに加え、最近の写真にさかんに登場するようになったナタリーとの関係を訝《いぶか》るようなことが書かれ、最後は、くれぐれも深入りしない方がいいと、念押しするような言葉で結ばれていた。

レンズに向けるナタリーの表情を見れば、私たちの関係がすでにただならぬものであることは一目瞭然であったのであろう。私は、いずれ編集長にも自らの気持ちを話さなくてはならないと思った。

アメリカでの滞在はあと半年、私は編集長の指示に従って再度、東海岸一帯を巡る撮影旅行を考えなければならなかった。

昨年の10月の終わり、ニューハンプシャー、バーモント、マサチューセッツ、コネチカット州を1週間ほどかけて回ったことがあった。その時に見た壮絶ともいえる紅葉の美しさが忘れられなかったのだが、新緑の頃に同じルートに加え、ロードアイランドへも足を延ばしてみたいということは常々考えていた。もちろん、新緑の季節まではまだ間があったが、私は雑念を振り払うかのように、近隣の景勝地で日々の撮影を続けたのである。そして、ナタリーとは一度も会えないまま、半月が過ぎようとしていた。

1月も下旬になると寒さは一段と厳しく、視界を遮るほどの吹雪に見舞われる日もあった。私は撮影を諦め、多くの時間をこれまで撮り貯めた写真の撮影記録の整理と、帰国後に出版を考えている写真集に載せるべき作品の選定に多くの時間を費やしていたのであるが、ある日の午後、ナタリーの指の写真を撮って、日本の医者に診てもらってはどうかという考えに辿り着いたのだった。私の知り合いに医者はおらず、ましてや看護婦である別れた妻に相談する訳にはいかなかったが、編集長の知己に頼れば何とかなるかも知れないし、医師から何らかの見解が得られれば、イザベラは彼女を医者に連れて行くことを許してくれるのではと思ったのだった。

狂おしいほどにナタリーに会いたいと思いながらも、なかなかマーティン家を訪問する勇気がわかなかった。依然として様々な思いが交錯していたからだ。

私が考えあぐねていたある日の夕方、ふらっとティナが訪ねてきた。

「今日はママの帰りが遅いの。何か食べるものはない？」

私はインスタントの焼きそばを作ってやった。彼女はむさぼるようにすでに使い慣れていた箸を使って口の中に運んだ。

「ナタリーはどうしている？」

彼女が食べ終わるのを見計らい、私は思い切って尋ねてみた。

ティナは別段表情を変えることなく、彼女は元気だと答えた。

「何でこの頃顔を見せないのかと伝えてほしい」

この時、ティナの顔色が少し変わるのが分かったが、彼女は穏やかにこう続けた。

「やっぱりタカオはナタリーのことが好きなのね。私には分かっていたわ。私は諦めたから心配しないで」

私はこの10歳の少女のませた応えに返す言葉を失ったが、その後に続いた彼女の意味深な言葉が気になった。

「最近ナタリーの様子がおかしいの」

「様子がおかしいって？　元気ではないのかい？」

「誰とも口をきかないの。学校から帰って来ても、部屋に閉じこもりきり、食事の時だって黙ったまま」

私は以前、家の外でイザベラとの口論を聞いていたにもかかわらず、彼女の指を医者に見せたいと言ったことを思い出していた。もし、それが原因であったとしたら、私にも責任がある。

「ママはタカオに言っていないけど、私にはもう一人姉がいたの。ナタリーにとっては妹よ」

「ナタリーにお姉さんがいるという話は聞いていたけど」

「私にとってのもう一人の姉、メイっていう名だったんだけど、6年前に病気で亡くなったの」

私はここでようやくあの晩の会話の意味を理解したのだった。

「何の病気で?」

「私には分からない。でも、それがきっかけでパパとママは離婚したの」

「メイは病院で亡くなったの?」

「そうよ。短い間だけど入院していたわ」

私はこの話を聞いて、多くのことが腑に落ちていくような気がした。恐らく、離婚の原因の一つには治療費のこともあったのだろうと私は思った。病院に連れて行きたいという私に、ナタリーが過剰反応したのも実はこういった背景があったからかも知れなかった。ナタリーがそのことを私に話したことはなかった。そして今、彼女は間違いなく、自分の指のことで悩んでいるのだと思った。

「とにかく、ナタリーに一度来るように言ってくれないか」

ティナの帰りしなにもう一度念をおすと、彼女は頷き、お腹がすいたらレイモンドと一緒に来てもいいわよね、と言って出て行った。

私はこの先進国、アメリカの暗澹《あんたん》たる生活事情を知って再び胸が塞ぐ思いがした。

次の日の朝、私は電話を入れた後、直接サイモン夫人を訪ねた。

「買い物なら明日でもよかったのに」

サイモン夫人はすでに80歳を過ぎていたとはいえ、実に矍鑠《かくしゃく》としており、アングロサクソン系の上品な顔立ちに、シルバーの毛髪が見事にセットされている。この日は真っ赤なワンピースを見事に着こなしていた。一人暮らしであるにもかかわらず、身だしなみにはいつも気を遣うプライド高き女性だった。

「少しお話をしてもいいですか？」

私は夫人からこの日の買いもののリストを受け取ったあとにそう切り出した。

「ミセスサイモンは病気になった時、どうされるのでしょうか？」

決して語彙が豊富ではない私はまず、こういう表現で切り出すしかなかった。

「タカオ、どこか具合が悪いの？」

「いえ、万が一必要な時、どこに行けばいいのか伺おうと思ったのです」

「私の場合は、メディケアという国の高齢者保険に入っているので、いざという時はキングストンの病院に入院することも出来るわ。若い人たちは、保険に入っていればの話だけど、まずはホームドクターに相談するのが一般的じゃないかしら。あなたもいざという時は町はずれにあるクリニックに行けばいいのよ。でもこの町にも保険に入っていない人が大勢いるの。そんな彼らが入院して手術なんてしようものなら、ほぼ間違いなく破産だわね。その保険料ですら、大きな負担になると言っているくらいの人たちだから。まあ、自業自得と言うほかはないわ。民主党がすべての人を医療保険でカバーしようと主張しているのだけど、そう簡単にいくわけがないわ。だってそのしわ寄せは、まともな生活をしている人たちのところにくるのだから」

　私はこれ以上聞くことが出来なかった。単に言葉の壁もあったが、何よりも彼女の言い回しからは、弱者に対する侮蔑が感じられたからである。私はナタリーからも、ほぼ同じような話を聞いていたが、それはまさに弱者の立場そのものであった。私はこの時、ウッドストック近くの小洒落た民家の庭で、子供たちが何の躊躇《ちゅうちょ》もなく、かつての黒人奴隷の墓石とおぼしきその上を、走りまわっていたのを思い出した。

私は彼女から聞いたクリニック名と住所をメモすると、車を半マイルほど離れたところにあるスーパーマーケットに走らせ、リスト通りの買い物を済ませた。再びサイモン夫人のアパートに戻って品物とレシートを渡し、代金を受け取ると私は、教えられたクリニックの前を通ってみることにした。外観は何ら普通の民家と変わらず、殆ど見逃してしまいそうな看板には「アンダーソン・ファミリークリニック」とだけ書いてあった。

私はナタリーを連れてくる前に、一度このクリニックで受診してみることにした。私自身には、出版社が海外旅行用の医療保険をかけてくれており、いざという時には、自己負担なく診察を受けることが出来る。その時に医師にいろいろ聞くことが出来るかも知れないと思ったからだ。

ナタリーが突如、訪ねてきたのは2月も半ば過ぎ、数日間続いた吹雪が嘘のように収まり、まぶしいほどの月明りが白銀に染まった庭を照らしていた夜のことだった。彼女は玄関からではなく、私の寝室の窓から飛び込んできた。私が、窓ガラスを叩く音に気付き、大急ぎで重たい窓枠を引き上げると、彼女は器用に窓から飛び込み、抱きついてきたのだった。去年のクリスマス・イヴ以来の再会だった。

「タカオ、会いたかった！」

「僕だって気が狂いそうだったよ！　何故もっと早く来てくれなかったんだ？」

「だめなのよ。ずっと気分が沈んだままで。この指のことを考えると、学校に行っても家にいても、身の置きどころがないの」

やはりナタリーは指のことを気にしていたのだ。

「そういう時にこそ、僕を訪ねてくれればよかったのに」

「タカオにそんな顔を見せたくなかったの。でももう我慢が出来なくなって……」

「僕はずっとイザベラが私と会うことを許してくれなくなったのではないかと思っていたよ」

「実はそれもあるの。ママは以前、タカオが私を病院に連れて行きたいと言ってくれたときから急にタカオにはもう会うなと言い始めたの」

私は即座にティナの話を思い出した。

「君にもう一人妹がいたという話をティナから聞いたよ。何故、君はそれを教えてくれなかったんだ？　イザベラはそのことを悔やんでいるのではないのかい？」

「3年前、メイが天に召されたとき、イザベラはこの前タカオが言ってくれたことと同じことをパパに言っていたわ。でもパパはそれを断った。そう、パパも私たちを保険に入れてくれてはいなかったの。イザベラは知り合いから借金をして、何とかメイを病院に連れて行った。でも彼女はあっけなく死んでしまい、借金だけが残ったの。そしてパパは家を出て行った。ママはきっと今でも借金を返していると思うわ」

「そうだったのか……」

私はしばらくの間、次の言葉が浮かばなかった。イザベラの複雑な心境が分かったからだ。

もし、私がナタリーを病院に連れて行き、そこで重篤な病気であることが分かったら、彼女はもはやなす術がないと思ったのであろう。であるから、私の提案を言下に断ったに違いなかった。そこには絶望しか残らないからだ。

「君はやっぱり指のことが頭から離れていなかったんだね。今、よく分かったよ」

「見て、以前より少し線が太くなってきたように感じるの」

ナタリーは私に指先を見せた。確かに彼女のいう通りだった。

「今日はこのまま泊まっていってもいい？」

「もちろん構わないけど、イザベラにばれると大変なんじゃないのかい」

「大丈夫。明け方には家に帰るわ。ばれないように家に入る方法があるのよ。さっき窓から入ってきたようにね」彼女は肩をすぼめてわずかに微笑んだ。

このひと月半でナタリーは少しやつれたように見えた。しかし、私はもはや彼女を抱かずにはいられなかった。

（やはり、自分が何とかするしかない……）

ナタリーの長い髪をなでながら私はそう思った。

彼女はもはや私の娘などではなく、れっきとした愛の対象であった。私は引き返せぬ道を思いながらも、それに抗う術をすべて失っていた。心の底からナタリーがいとおしくてならなかったのである。

「愛してるわ、タカオ」

そう言って、ナタリーはまだ夜の明けぬ群青色に染まった空のもとを駆けて行った。

私は、彼女が眠っている間に、その指先の写真を何枚か撮ることを忘れなかった。そして次の日の朝、フィルムのまま、日本にいる編集長のもとに送った。

四

3月に入るとようやく長かった冬の終わりを肌で感じ取れる日もあるようになった。未だ冬の装いを解かぬ雑木林の間を、色鮮やかなアメリカンブルーバードが飛び交っているのが見えた。固く身を閉ざしていた木々の梢は復活に向け、そのエネルギーの発散の時を、静かに待ち構えているようでもあった。

この日、私はクリニックでの診療を予約していた。少しばかり熱があったのだ。発熱くらいでは診察は出来ないと、電話に出たクラークと思われる男に言われたが、加入している保険の話をすると急に態度が変わった。もちろん、医者に診てもらうような症状ではなかったのだが、ナタリーを連れてくる前に、一度様子を見ておきたいという思いがあったのだ。

サイモン夫人に依頼された買い物を終えてから、私は指定された時間の少し前に、ソーガティーズの町はずれにあるクリニックを訪ねた。先ほど電話に出たクラークであろうか、挨拶もせず、いきなり保険証を見せろと言った。予約制とはいえ、待合室には幼い子供とその母親が不安そうな表情で座っていたが、私を見ながら子供に小声で何事かを告げていた。やはり、この町には明らかに非白人に対する偏見が残っているように思えてならなかった。

名前を呼ばれて診察室に入ると、その殺伐とした光景に私は一瞬、わが目を疑わざるを得なかった。日本のそれとあまりにも異なっていたからだ。アシスタントがいる訳でもなく、デスクの上には古びた血圧計と聴診器が置かれているだけであり、その前に初老の医師が座っていた。

「君は私にとって初めての日本人患者だ。中国人は何回か診たことはあるがね」

医師は私の脈を計りながらそう言った。そして私の口の中に体温計を突っ込んだ。

「君は実にいい保険に入っているね。これなら私もとりはぐれがない。歓迎するよ」

侮蔑するような実に横柄な物言いだった。彼の頭の中では、日本も中国も同じなのだろうと思った。

「ただの風邪だ。薬はいるかい？　処方箋料は別だが」

私は首を振った。

医師はほっておいても数日で治るだろうと言うと、次の患者を呼び入れた。

（これで250ドルか……）あまりにもばかげていると思ったが、これがこの国の医療の実態なのかも知れなかった。言うまでもなく、熱はその日のうちに下がった。

あの夜以来、ナタリーは時々、窓から忍んでくるようになった。そして明け方前にまた帰っていくのだった。あと3か月もすればハイスクールを卒業する。うまく仕事を見つけることが出来れば、そこで医療保険に入ることも出来る。それはイザベラが言っていたことだったが、私には何故か、そううまく事が運ぶとは思えなかった。

編集長から電話が入ったのはそれから2週間後の取材を終え、ビールを飲みながら一息ついている時であった。編集長は一通り、最近の作品についての評価と今後の要望を告げた後に、

「君から送られた指の写真を私の高校時代の同級生で、大学病院に勤めている医師に見せたのだが、やはり、ただの打撲などではないと言っていたよ。つまり、かなり深刻な病気であるかも知れないとのことだった。なるべく早く治療を始めた方がいいそうだ。見たところ、君が時々送ってくるあの魅力的な女性の手のように思えるのだが、まさか、ただならぬ関係になっているのではないだろうね」

と以前と同じようなことを言った。

前回同様、一応否定はしておいたが、もはやそんなことはどうでもよかった。私は編集長に礼を言って電話を切った。

やはり事態は深刻なようだった。そして私はここで何かを決断しなければならなかった。まずは編集長への借金を考えた。治療にいくらかかるのかは見当もつかなかったが、万一、入院して手術ともなれば、家を一軒買うくらいの覚悟が必要という話を聞いた記憶もあった。とすれば、とてもおいそれと借りられる金額ではなかった。もとより、離婚の際にわずかばかりの預貯金は妻に渡していた。残された選択肢は一つしかなかった。それは彼女を連れて日本に帰るということだった。つまり彼女を日本に連れ帰って入籍し、そこで治療を受けさせるという選択肢であった。

ただ、彼女がどう考えているかは別問題であった。まだ18歳である。しかも、日本に行ってみたいとは言っていたものの、それは単に一時的な好奇心に過ぎず、永住となると話は変わってくる可能性があった。

私は自問していた。彼女を純粋に愛しているからこそ、次なる行動を取ろうとしているのか、さもなければただ単に彼女の命を救いたいがために、疑似的な愛を作り上げてしまったのか。こういった迷いはこれまでにもいく度となくあったのだが、結局のところ、私の彼女を失いたくないという思いだけは確かなのであった。

3月も終わりが近づき、いよいよ日差しはぬくもりを増し、眼下に見えるハドソン川も次第にその流れを取り戻しつつあった。木々の枝はあたかも命を吹き返したかのように色づき始め、「山がくすぐったがっているっていうのよ」と教えてくれたのはナタリーだった。確かに新緑前の山々には爆発寸前の不思議な力が宿っているようにも見えた。

いつものようにナタリーが窓から忍び込んできた夜、私は彼女に求婚した。彼女は一瞬信じられないといった表情を見せたが、目に涙を浮かべ、そして私に飛びついてきたのだった。彼女は私との結婚を受諾した。

次の日の朝、私はマーティン家を訪ね、ナタリーと結婚したい旨をイザベラに告げた。

彼女は複雑な表情をした。知らぬ間に、二人がそのような関係になっていることが、まずは驚きのようだった。そして彼女たちにとっては間違いなく地の果てとも言うべき、東洋の見知らぬ国に娘を送り出すことへの不安もあったようであった。

「もちろん、ナタリーがあなたを選んだのだから私は反対しない。私は最初の主人との間の長女を16歳のときに産んだの。今では若気の至りだったと後悔しているわ。そう、私は人生を早まったの。見ての通り、子供三人を抱えて、一日中スクールバスを走らせている。生活だってずっと苦しいままよ。だから、同じ過ちをナタリーには繰り返してはもらいたくないの。もちろん、あなたを信用していないわけではない。でも万が一、あなたがナタリーを捨てることにでもなったら、彼女は遠い異国の地でどうなってしまうのかと思うと……」

ナタリーはこの場にはいなかった。私は散々迷った挙句、彼女の指のことを話すことにした。

「本当は、今この話をするべきではないと思ったのですが、日本の医師にナタリーの指の写真を見てもらったところ、メラノーマという深刻な皮膚病の可能性があるという結論が出たのです。病気の詳細を英語で詳しく説明することが出来ませんが、治療を怠ると、最終的には死に至る恐ろしい病なのだそうです。日本に行けば、国の保険で彼女の病気を治すことが出来るのです」

「メラノーマ?……」

イザベラはそう言ったまま、絶句した。

「それはがんの一種だそうです。私は何としてもナタリーを救ってあげたいのです」

「だから、ナタリーと結婚するというの?」

「いいえ、違います。私は心からナタリーを愛しています。メラノーマでなければ、それにこしたことはありません」

「分かったわ。私の力ではどうすることも出来ない。あなたを信じるわ。ナタリーを末永く愛してあげて。ただハイスクールだけは卒業させてやって」

イザベラはこの時初めて私を抱擁してくれた。

「悲しい思いはメイだけでたくさん。彼女には本当に申し訳ないことをしたと思っている」

「メイさんの話はティナから聞きました」

「もっと早くから手を打っていれば、彼女は助かったかも知れないの。でもすべてはお金だった。何とか入院費を工面して、彼女を入院させたときにはすでに手遅れだった。もう同じ思いはしたくないの。彼女は小児がんだった。だから、ナタリーもがん体質なのかも知れない……」

「まだメラノーマと決まったわけではありません。直接医師が診断したわけではないですから」

この時私は今一度、頼りないとは思ったが、例のクリニックへナタリーを連れて行こうと思った。一刻も早く、医師の所見を直接聞きたかったのだ。ナタリーが自分の指のことを、日に日に悲観的に捉えるようになっていたことは確かであり、今度はイザベラもそれを認めてくれた。

五

「明日、学校を休んでくれないか」

私は今や公然と私のもとを訪ねて来られるようになったナタリーにそう告げた。

「クリニックに連れて行ってくれるのね」

「うん。日本に行く前に一度君の指の状態について、しっかりとした医者の意見を聞いておきたい。難しい言葉は分からないが、一緒についていきたいんだ」

「うれしい！　タカオ！　私は本当に幸せだわ。ねえ、少しずつ日本語も教えてね。私、一所懸命勉強するから」

ナタリーの満面の笑みを見たのは久しぶりだった。

「私、どんな結果であってもあなたと一緒なら大丈夫よ」

翌日、ナタリーを車に乗せたままサイモン夫人と自分の買い物を済ませ、例のクリニックに着いたのは予約時間の5分前だった。今回は自費であることは予め伝えてあった。ナタリーは緊張のあまりか小刻みに震えていた。

「私、お医者さんにかかるの初めてだわ」

診察に立ち会いは許されなかった。それがこの国のルールなのか、この医師の考えによるものであるかは分からなかったが、ナタリーは10分ほどで診察室から出てきた。

「ここでは分からないって言われたわ」

「分からないってどういうこと？」

私は医師に直接話を聞こうと診察室に向かおうとしたのだが、クラークに引きとめられた。すると医師の方が診察室から出てきた。

「なんだ、やっぱりこの間の日本人だったのか」

彼はそう言うと、一通の封筒をナタリーに手渡しながら私の方を見て言った。

「これはアルバニー州立病院への紹介状だ。これをもっていけば診てはくれるが、検査の内容によっては数千ドルになる可能性もある。だが、私はそこへ行くことを強く勧めるよ。そういう病気かも知れない」

ナタリーもそうであったろうが、私は絶望的な気持ちになった。かくなるうえは、ナタリーを連れて一刻も早く日本に帰るしかないと思った。だが、この医師は別れ際に信じられないようなアドバイスをくれたのだった。

「州立病院ではないが、アルバニーで開業している日本人の医師を知っている。すべては彼次第だが、一度相談してみる価値はあると思うよ」

彼はそう言って、住所と電話番号を書いたメモ用紙を渡してくれたのだった。

日本人にはあまり知られていないが、アルバニーとはニューヨーク州の州都である。ここソーガティーズから、スルーウェイ87を小一時間ほど北上したところにあった。もちろん、行政機関が集中する大きな都市であり、私自身、何度か取材に向かう途中、通り過ぎたことがあった。

私がナタリーの診察料を払おうとすると、医師は、

「君の保険証を貸してくれないか。そうすれば、今日の診察料と紹介状の料金は取らない」と言った。

つまり、私が再度診察を受けたことにすると、この医師は言っているのであった。これが彼の良心によるものか、ただ単に金銭欲によるものなのかは分からなかったが、私はその言葉に従うことにした。いざという時にその日本人医師に支払う金は多ければ多いほどよいと思ったからだ。

私たちはクリニックを出た。

「やっぱりただの病気ではないようね」

ナタリーはうなだれたまま私の後ろからついてきた。

「とにかく僕はアルバニーの医師とコンタクトをとる。心配することはないよ。早く診断してもらって日本で治療をすればきっとよくなるさ！」

私はそう言ってナタリーを励ました。事実、仮にメラノーマであっても、その初期における進行は遅く、早めの治療さえ行えば、快癒する確率は高いらしいという編集長の言葉が頭に残っていた。

翌朝、私はもらったメモの電話番号を回した。

その医師の名はミウラといった。声を聴く限りまだ若そうであったが、私的に診てくれるという。私は何度も礼を言い、週末、ナタリーを連れて彼のクリニックを訪れる約束をした。

金の話は出なかったが、請求されれば出来る限り支払う覚悟は出来ていた。

電話を切り、寝室に戻るとナタリーはまだ安らかな寝息をたてて眠っていた。私はコーヒーを淹れるためにキッチンへ行き、ラジオのスイッチを入れた。この辺りの天気予報を告げているようであったが、いつも通りの癖のある早口で私には殆ど聞き取れなかった。やがてそれは狂騒的なロック音楽に変わり、私はスイッチを切った。

私は淹れたてのコーヒーを飲みながら、この数か月の間に起きたことを反芻していた。そして、これからなすべきことを考えた。彼女の命を救うための結婚……決してそうではない筈であった。だが、日本に連れて行くことが彼女にとって本当に幸せなのかどうかは分からなかった。文化も異なり、言葉も通じない未知の国で、当面はその多くの時間を一人で暮らすことになるのだ。それは、場合によっては死ぬことよりも辛く思えるかも知れない。ましてや森もない、満天の星すら見ることの出来ない東京という狂騒的な都市の片隅での彼女の孤独を思う時、私はやはり暗澹《あんたん》たる思いにならざるを得ないのである。

「もう起きていたの?」

ナタリーの声を背後に聞いて私は我に返った。ナタリーのカップにもコーヒーを注ぎながら、私は彼女に尋ねた。

「日本での、いや東京での生活はここことは全く違うんだよ。こんな大自然もないし、街中人だらけだ。友達だって、はじめはなかなか出来ないかも知れないし、僕は仕事で家を空けることもしばしばだ。それでも君は日本で生きていけると思う？」

「大丈夫よ。私は孤独には慣れているの。それに……」

彼女はここで口をつぐんだ。私はこの時彼女が何を言おうとしたのか分からなかった。


そのクリニックはアルバニーの中心部からやや離れた美しい並木道に囲まれた住宅街の一角にあり、紹介してくれた医師のクリニックとは雲泥の差であった。

「立派な建物だわ」

ナタリーが見上げるその澄んだ瞳に、私はかすかな希望を見た気がしたのだった。

ミウラ医師は日本人に会うのは久しぶりだと言った。

私はナタリーを婚約者と紹介したうえで、これまでのいきさつをかいつまんで話し、彼女が無保険であることをこの時初めて告白した。そして断られることを恐れ、電話ではとても言えなかったことも付け加えた。

ミウラ医師は、私とナタリーの顔を交互に見て笑いながら言った。

「金を取るつもりだったら、こんな休日に呼んだりしなかったよ。ただ、ここで出来ることは限られている。しかも、私は皮膚科の専門医でもない。こちらではジェネラリストと言うんだが、日本でいうかかりつけ医といったところかな。どれ、まずは君のフィアンセの指を見せてもらおう。ところで彼女は日本語を理解しているのかい？」

私は黙って首を振った。

ミウラ医師は拡大鏡を使いながら丁寧にナタリーの指の診察を始めた。そして流暢な英語で「痛みはある？　何か自覚症状は？」と尋ねた。

ナタリーは時々めまいがすることがあるだけと答えた。

ミウラ医師は、体の他の個所にも同じような黒い斑点などはないかと尋ねた。

彼女は首を横に振った。

静かにスコープを置き、私の方を見ると、ミウラ医師はメラノーマとは言わず、日本語でほぼ間違いなく悪性黒色腫だと言った。

「本当は生体検査をするべきなのだろうが、ご承知の通り、検査ラボに出すと膨大な金額を請求されてしまう。ただ診たところでは、まだ初期といえる段階だ。この病気は初期段階での進行は非常に遅い。だから君が日本に彼女を連れて行って治療すれば、恐らく大丈夫だろう。ただ、指の切断は覚悟しなければならないかも知れないが……」

指の切断という言葉に私は一瞬怖気づいたが、生きることへの代償が指一本で済むのであれば、それは致し方のないことだと思った。ナタリーには「日本に行けば必ず治るそうだ」とだけ伝えた。そして私はミウラ医師にこの国の医療制度について聞くことを忘れなかった。

「この国の医療制度は悲惨としか言いようがない。高齢者向けのメディケア、貧困層向けのメディケイドという公的な保険はあるが、それも一時的なものだ。だから多くの人々が民間保険に頼っているのが現状なのだよ。しかも、その保険料によっては免責事項も多く、医療機関にかかる前にまずは保険会社に連絡しなければならないなんてこともある。もちろん、風邪をひいたくらいでは診察を受けることは出来ない。運がよければ、薬を送ってくれることもあるがね。ところが、保険会社も最近はいろいろと難癖をつけて、金を払いたがらない傾向が強くなっているんだ。そして彼女の家庭のようにメディケイドの基準にも満たず、かつ保険にすら入れないような人々が数千万人いるというのが、この国の実態だ。こんな馬鹿げた話はないと思うよ。この国での医療は純然たるビジネスに過ぎない。もっとも今、連邦政府は無保険の子供たちをカバーする第三の公的保険の創設を検討しているそうだがね。これが成立すれば、多くの子供たちの命が救われることになるし、彼女だって、わざわざ日本まで行かなくても済むのかも知れない。ただ、そうなるのはまだまだ先の話だ。いや、下手をすれば、制度の創設そのものが廃案になってしまうかも知れない。今は君が彼女を連れて日本に行くことを歓迎するよ。実はね、私は医学生の時代に同級生の彼女にふられてね。それでそんな日本にいるのが嫌になり、こちらの大学に留学したんだよ。結局、日本に帰ることなく、こちらで医師の資格を取り、アメリカ人の女性と結婚して定住することとなった。でもね、赤ひげとは言わないが、私は無保険の患者は出来るだけ安価で診るようにしている。その代わり、保険会社からはがっぽりとるようにしていたのだが、最近はそれも難しくなってきた。ともあれ、週末は自家用飛行機にカミさんと娘を乗せて、気ままなフライトを楽しんでいるよ。今では私をふってくれた彼女に感謝しているほどだ」

よほど日本語が恋しかったのだろう、ミウラ医師は問わず語りをなかなかやめようとしなかったが、その和やかな気配を察したのか、ナタリーの表情も幾分、緩んだようだった。

最後にミウラ医師は謝礼を断ったうえに、何かあったら遠慮なく電話してくれと言ってくれた。私とナタリーは何度も礼を言ってクリニックを後にした。

「なるべく早く日本に行こう」

私は車の中でそう言った。

ナタリーはわずかに微笑んだが、長い緊張から解放されたからか、そのまま眠りについてしまった。

六

4月も半ばとなり、ようやくウェストキャンプにも本格的な春が訪れようとしていた。日中はセーターがいらないほどの陽気に包まれる日もあった。そして、ハドソン川のかなたに広がる森が淡い霞の中に溶け込む光景を見ながら、私はいよいよ最後の遠征の実行を決断しなければならなかった。編集長からの矢のような催促もあり、かなり長距離の移動を余儀なくされることになる。したがって、今回は2週間程度の撮影旅行になる筈だった。卒業前のナタリーを連れて行くことは出来なかったが、戻り次第、彼女の日本への渡航準備を本格的に始める予定だった。パスポートの申請、日本への入国ビザの取得など、これから越えるべきハードルはいくつもあったが、今回はイザベラも理解してくれていることが心強かった。

出発する前日、私はナタリーにこう念押しした。

「決して悲観的になってはいけないよ。帰ってきたら2か月ほどで日本に向かうことになる。そうすれば、本格的な治療を受けることが出来る。だから今は卒業することだけに専念するんだ。決して余計なことを考えてはいけないよ」

「分かっているわ。タカオが帰ってくるのを楽しみに待っている。必ず帰ってきてね」

ナタリーはそう言って出て行った。私はその後ろ姿を彼女が家に入るまで追い続けた。

スーツケースに2週間分の荷物をまとめ、翌日の朝、私はウェストキャンプを出発し、新緑に包まれた州道9Wを一路北へと向かった。サイモン夫人は前回と同様、臨時のヘルパーを雇ってくれ、出発前には「あなたは私の孫のようなものよ。気を付けていってらっしゃい」と言って餞別までくれた。

今回は高速道路を極力使わず、一般道でニューハンプシャー、バーモント、マサチューセッツ、コネチカット、ロードアイランドとニューヨーク州を囲む各州を回り、その後、マンハッタンを経てニュージャージー州のアトランティック・シティまで足を延ばす予定だった。

開け放たれた窓から吹き込む早春の風は心地よく、私はしばしこの数か月間の悶々とした日々を忘れることが出来た。初日はアムステルダムという美しい町のモーテルに泊まった。おそらくはオランダ系移民の多い町なのであろう。アメリカ、特に東海岸にはイギリスをはじめとしたヨーロッパの都市名を冠した町が多く存在する。考えてみれば、ニューヨークという地名もイギリスのヨークに由来するものである。翌日は早春のアディロンダック州立公園内の美しい景観を撮影しながら走り抜け、ハドソン川を渡ってバーモント州に入った。バスカークという裏さびれた町の道路わきで午睡をとっていると、二人の少女が東洋人を初めて見るのか、好奇の目を向けながら近づいてきたのだが、カメラを向けると一目散に逃げていった。アメリカ合衆国といえども、田舎の子供はどこも同じなのだと私は一人大笑いした。紅葉の時期に同じ道を通りながらも、春先の景色は全く異なった様相を呈し、私は何度も車を停めてはシャッターを押し続けた。旅行ライターが、どれだけ言葉巧みに勧めてみても、何をするにつけ、せわし気な日本人観光客が、このような地まで訪れることなど決してないであろうと思われるようなバーモントの牧歌的な光景は、何時まで見ていても飽きることはなかった。緩やかな丘陵地帯を縫うように続く道を走っている時、ふとナタリーのことが頭をよぎった。それは出発してから5日目、いつもの悲観的な思考回路が再起動した瞬間でもあった。ヒンズテールという小さな田舎町に着いたとき、私は公衆電話を見つけ、マーティン家に電話を入れた。ティナが電話に出たが、ナタリーの乗ったスクールバスはまだ着いていないとのことだった。そして、ティナはナタリーに変わりはないと言った。直接話が出来なかったことにやや不安が残ったが、私は彼女の言葉に安堵し、電話を切った。

7日目、マサチューセッツ州に入った。すでに100本近いフィルムを消費していたため、スプリングフィールドという大きな街でフィルムを買い求めるとともに、これまでの撮影分にデータを添え、フィルムのまま日本に送った。そして毎夜のモーテルでの宿泊に辟易していた私は、この日は久しぶりにゆっくりとくつろげるホテルに宿泊することにした。近くのレストランで食事を終え、部屋に戻るやマーティン家に電話を入れてみたが、誰も出なかった。夜になっても誰も出ないということは、これまでの彼らの生活パターンからして考えられないことだった。家の明かりが見えない日はなかったからだ。ナタリーの身に何かあったとでもいうのか。いやな予感がした。ここからソーガティーズまでは150マイルほどの距離であったから、3～4時間もあれば戻ることが出来たのだが、この旅を途中でやめるわけにはいかなかった。

この先、ロードアイランド州のヴィンセントタウンを目指し、大西洋沿いに南下し、マンハッタンを経由してニュージャージー州のアトランティック・シティまで向かうつもりだった。とりわけアトランティック・シティは東海岸のラスベガスとも呼ばれるカジノの街であり、ここでの取材は編集長からのたっての要望であったので、行かないわけにはいかなかったのだ。

翌朝、チェックアウトを済ませると、私は再び車を南に走らせた。コネチカットの州都、ハートフォードから州道6号に入り、ひたすら東を目指した。新緑に包まれた広葉樹の森の中を延々と走り続けても対向車は殆どなく、突然、名も知らぬ湖が現れたかと思うと、時折、鹿の群れが眼前を横切っていった。何一つとっても日本であれば、すぐさま観光地化してしまうような光景が、当たり前のように広がっていた。小さな町に入ると私は必ず車を停め、周辺を散策するのだが、フィルムが何本あっても足りないほどに、被写体で溢れかえっていた。最低限、切り開かれた大地の中で、人々の生活は実につつましやかなように思えた。いや、彼らはひょっとすると我々日本人以上に自然を怖れ、敬い、むしろそれとの一体化を望んでいるのかも知れないと思ったほどだった。

日も傾いた頃、ようやくロードアイランド州の州都、プロビデンスを抜けると、大西洋から吹き寄せる潮風が無性に望郷の念を掻き立てた。私は、鎌倉の実家に一人で住む母のことを思った。箏曲教授として忙しい日々を送っている筈であったが、仕事一辺倒であった父と離婚したのは、私が結婚した翌年のことであった。一人息子であった私自身、父から愛された記憶は皆無であったし、殆ど入り婿のような立場であった父は、母の資産だけが目的で結婚したような男であった。母もそれに早くから気付いていたようであったが、私が身を固めるまではと、耐えていたのだった。従って、出ていったのは父の方であった。ナタリーとのことはいずれ母にも話さねばならなかった。

その母とも離婚して以来一度も会っていない。そもそも私が写真家になることに反対していた母は、結婚を機に私が安定した仕事に就くことを期待していたのだった。だが、私が妻の収入に頼るような生活を続けていることに失望し、離婚後は殆ど音信不通の状態のままだったのである。従って母は、今私がアメリカにいることすら知らない筈だった。

私がケープ・コッドの先端にあるプロビンスタウンの海岸沿いにあるモーテルに

入ったのは午後８時を回った頃だった。小さなスーパーマーケットで購入したパンとチーズと牛乳で夕食を済ませ、私は恐る恐るマーティン家に電話を入れた。出たのはイザベラだった。

「驚かないでね。ナタリーが家を出ていったの」

にわかには信じられない言葉だった。

「実は、ソーガティーズのパスポートセンターで、生活保護を受けている身でツーリストビザは取れないとのことで、門前払いされたらしいの。どうやらそのことがショックだったみたい……。その時、私はタカオが帰ってくれば何とかなると言っていたのだけど。その他にもこのところナタリーとの間に様々なことがあって、ちょっとした言い争いになってしまって……」イザベラの説明はどこかぎこちなく、釈然としなかった。私はとにかく、なるべく早く戻ると言って電話を切った。

このことは私がもっとも懸念していたことでもあった。ナタリーがどのように申請をしたのかは分からなかったが、精神的にも不安定な彼女一人に任せたことは迂闊としかいいようがなかった。ただ、イザベラの物言いにはどこか不自然なところがあった。そもそも生活保護世帯を理由にパスポートの申請が却下されることがあるのだろうか。何よりも何を言い争ったというのか。私は迷った。直ちにウェストキャンプに引き返すべきかと。しかし、戻ったところでなす術はなかった。イザベラは明日までに戻らなければ、警察に失踪届と捜索願を出すと言っていたが、このアメリカ合衆国では殆ど無意味に等しい手続きであるということを私は知っていた。脳裏に「自死」という二文字が浮かんだ。彼女の失望する姿が目に浮かぶようだった。ナタリーのこれまでの生き様を含め、プライベートな部分など知る由《よし》もない私に出来ることは、結局何一つなかったのだ。今はどこかで生きていることを、そして何時か何事もなかったかのようにひょっこり帰ってくることを願うしかない、今はそう自らに言い聞かせるのだった。

翌朝、濃霧が町全体を被い、私は写真撮影を行うために霧が晴れるのを待たなくてはならなかった。もっとも、その霧に覆われた港町の光景も十分に絵になったのではあるが、何せこの町に入ったのは昨晩のことであり、やはりその全容をカメラに収めておく必要があったのだ。やがて霧が晴れ、姿を現したプロビンスタウンの中心部は、あまりにもこぢんまりとしており、そして絵画的であった。

夏ともなれば人気リゾート地として多くの人々が訪れるのだと、モーテルの主人は言っていたが、この時期の町は人影も少なく、鄙びた小さな港町に過ぎなかった。とはいえ、私の撮影意欲は大いに掻き立てられ、一通り撮影を終えたのは午後3時を回った頃だった。ウェストキャンプには一刻も早く戻りたかったが、アトランティック・シティの取材を飛ばすわけにはいかなかった。私は途中の取材を諦め、一路、アトランティック・シティを目指すことにした。距離にして400マイル前後と思われたが、すべてを高速道路で走れば、十分にその日のうちに着くことは可能だった。プロビデンスシティからスルーウェイ95に乗ると、ひらすら西に向かった。右手にマンハッタンの摩天楼を見た頃には陽もとっぷりと暮れ、フィラデルフィアからアトランティック・シティ・エクスプレスウェイに入ったのはすでに午後8時を回った頃だった。結局、行程を短縮する以外に一刻も早くウェストキャンプに戻る術はなく、私は途中で休むことすら忘れ、午後10時には到着。けばけばしいカジノホテルのネオンサインを避け、漆黒の湿地帯を臨む古びたモーテルに宿をとるや、服も脱がずにベッドに身を投げ、その夜は何も考えることなく深い眠りに落ちていったのであった。

翌朝、目が覚め窓の外を見ると、空低く垂れこめた曇り空の下、眼前には果てしない湿地帯が広がっていた。

私は、少しでも取材のチャンスを増やすため、歩いてカジノ街を目指すことにした。東海岸のラスベガスと言われるだけのこともあり、カジノを擁するホテルが幾棟も林立している。しかしながら、昨晩見た狂騒的なネオンサインとは裏腹に、どこか退廃的な雰囲気が漂う街でもあった。編集長からは３００ドルの経費付きで、カジノ体験記も書くよう指示を受けていた。

私はこれといった当てもなく、大型バスがひっきりなしに到着する一つのカジノ場に入ろうとした。黒人の警備員から未成年ではないかと疑われたが、パスポートを見せると怪訝そうな顔をしながらも、中に入ることを許された。東洋人は10歳以上若く見られると言っていたのはサイモン夫人だった。

カジノ場での写真撮影は出来ないので、カメラをロッカーに預け、３００ドルすべてを5ドルチップに換えた。

平日の朝とはいえ、カジノ場はすでに大勢の人で賑わっていた。スロットマシーンの前でコインを入れてはレバーを引く老婦人が呪文であろうか、何やら意味不明の言葉をつぶやいている姿を見た時、私はやはりこの国の退廃を見たような気がしたのである。そこからは娯楽というよりも、切迫した生活感しか感じ取ることが出来なかったからだ。

私はレポートを書く都合上、様々なカジノに挑戦していったのであるが、300ドルすべてを失うのに1時間もかからなかった。やむを得ず、100ドルを再度チップに換え、ミニマムベット5ドルのブラック・ジャックのテーブルに着いた。見様見真似でゲームをしていると、隣にいた東洋系の老婦人が、「あんたのお陰でカード送りのペースが乱れる」と難癖をつけてきた。いや、これは後から分かったことなのであるが、彼女の言い分はある程度正しかったのである。そして会話の中で彼女が日本人であることを知った私は、素直にアドバイスを求め、彼女の言う通りにゲームを進めるうちに、不思議なほどに勝ち始め、瞬く間に300ドルを取り戻すことが出来た。

1時間後、老婦人と私はホテル内のレストランで昼食を摂っていた。礼方々、私が彼女を誘ったのだった。それに久しぶりに日本語が話せるのがうれしかった。

彼女の名はクニコといった。

「戦後やってきた駐留軍の将校と結婚し、そのまま彼を信じて、このアメリカまでついてきたのさ」

彼女は鷹揚に笑いながらそう言った。皺だらけの薬指には結婚指輪がはめられていたが、そこに輝きは全くなく、その後の生活の苦難を感じさせるばかりであった。案の定、その夫とはわずか数年で離婚し、今はフィラデルフィアで、わずかばかりの年金と、ビル掃除で得る収入で生計を立てているのだという。

「週末、50ドルをもってここに来て、50ドル稼げればそこでやめ、50ドルすったらまっすぐ家に帰る、これが今の私の唯一の楽しみなのさ」

クニコはクラブハウスサンドウィッチをうまそうに頬張りながらそう言った。

その後も彼女は問わず語りに自らの波乱万丈ともいえる人生について語っていたが、さすがに話しつかれたのか、私の反応の無さに失望したのか、

「この国は金のない人間にとっては最悪だ。自由の国とは聞こえがいいが、弱者にはあまりにも冷たい、これがアメリカの本当の姿さ」と言い残し、再びカジノ場の方へと去っていった。

一連の取材を終え、カジノ場の外に出ると、依然として空低く垂れこめた雲は、グレー一色の大西洋の水平線との境を見分けることを困難にし、はるか沖に浮かぶ一隻のクルーザーを見出すことで、かろうじてそれを認めることが出来るほどだった。

クニコの話を聞きながら、日本から遠く離れたこの地で男に見捨てられても、健気《けなげ》

に生きてきた彼女がたくましくも思えたが、どこか厭世《えんせい》的でもあった。この厭世観は間違いなくイザベラにも通じるものがあると思った。そしてこの国の弱者は結局、何処まで行っても浮かばれないのだと私は確信するのだった。

すでに午後2時を回っていた。私は引き続き、アトランティック・シティの街を取材し、翌朝、ウェストキャンプに戻ることにした。連日の長距離ドライブで、さすがに私も疲れていた。

その晩、マーティン家に電話を入れたが、やはりナタリーは戻ってはいなかった。

翌朝、目を覚ますと街は深い霧に包まれていた。

チェックアウトを済ませ、車に乗り込むと、いつもナタリーが座っていた助手席には、ぼろぼろになった地図やフィルムの空箱が無造作に散らばっていた。私はそれらを片付けながら、この霧に包まれた街を見せてやったら、彼女はどれほど喜んだことだろうかと思った。そして、どうせ日本に連れて行くのなら、無理をしてでも彼女を連れてくるべきだったと後悔した。しかしながら、あれほど必ず待つようにと言ったにもかかわらず、何故彼女が突如失踪したのか、その理由が全く分からなかった。とにかく、一通りの仕事を終えた私は一刻も早くウェストキャンプに戻るべく、車を走らせた。

ガーデンステートパークウェイからスルーウェイ95に入り、今度もマンハッタンの街並みを遠くに見ながらスルーウェイ87に入った。そして10日ぶりにウェストキャンプに戻ったのは午後3時を回った頃だった。

家の前で荷物を下ろし、車をガレージに入れ、マーティン家を訪ねたが、誰もいなかった。ティナやレイモンドはまだ学校であろうし、イザベラは子供たちの送迎の最中であったろうから、誰もいないのは当然のことではあったのだが。

私は、家じゅうの窓を開け、よどんだ空気を入れ替えると、サイモン夫人に電話をかけ、翌朝からはこれまでのように忠実な僕として仕えると伝えた。

午後4時を回った頃、ティナとレイモンドを乗せたスクールバスが到着するのが窓から見えた。夕方にはイザベラも戻ってくる筈だった。

私はひたすら彼女が戻ってくるのを待った。しかし、陽が落ちても彼女の車のヘッドライトを確認することは出来なかった。

久々に灯った我が家の明かりを見出したのか、ティナとレイモンドが私を訪ねてきたのは午後8時を回った頃だった。

「お願い、何か食べさせて……」

たった10日余りの留守中にこの家を取り巻く環境は激変していたのだった。

「ママがまだ帰ってこないの。昨日も夜中まで帰ってこなかったの」

「それはナタリーを探しているからだろう？」

私はとりあえず、二人にインスタントラーメンを作ってやることにした。詳しい話を聞くのはそれからだと思った。

二人はむさぼるようにラーメンを口に運んだ。その姿があまりにも哀れであった。

私はじっと彼らが食べ終わるのを待った。

「ナタリーはタカオが日本に帰ったと思って家を出て行ったの」

ティナの口から出た衝撃的な言葉に私は耳を疑った。

「それはどういうこと？」

次の瞬間、ティナの両の目から涙があふれ出た。

「私がそう言ったの。タカオは日本に帰ったって嘘をついたの……」

もちろん、ナタリーがティナの言葉を信じたとは到底思えなかった。イザベラの言っていた通り、パスポートの申請を拒否されたことがショックで出奔したとしか思えなかった。

「決して君のせいではないよ。別に理由があったのだと思う」

私はそう言ってティナを慰めたが、やはり彼女はナタリーに嫉妬していたのだと思った。

「タカオを取られたくなかったの……」

果たしてティナはレイモンドに聞こえないように小さな声で言った。

イザベラが帰宅したのは午後10時を回った頃だった。ティナとレイモンドはソファに座ったままますでに眠っていたが、私が彼女の帰宅を告げると一目散に飛び出していった。

しばらくしてイザベラがやってきた。

「タカオ、ごめんなさい」

これが彼女の第一声だった。

「8日ほど前、ソーガティーズの郵便局に、ナタリーは一人でパスポートの申請に行ったの。ところが、いろいろと質問攻めにされた挙句に、生活保護者にパスポートの申請は出来ないと言われたらしく、ものすごく落ち込んで帰ってきたの。そしてその日の夜、ちょっとしたことで、私とナタリーは言い争いになってしまったの。彼女が取り乱して、何でこんな家庭に生まれてきてしまったのかと口走ったものだから私もついカーッとなって……。彼女が出て行ったのはその翌朝のことよ。スクールバスに乗って家を出ていったきり帰ってこないの」

「学校には確認したんですか」

「もちろんよ。その日、ナタリーは友達の家に泊めてもらう約束をしていたらしいのだけど、夜になっても現れなかったそうよ。そしてその翌日からずっと欠席のままで、行方を知るクラスメイトもいないと、先生は言っていたわ」

ナタリーの身に何があったというのか、ティナの言葉を本気で信じたとは到底思えなかったが、彼女が指のことを含め、相当思い詰めていることだけは間違いなかった。それにイザベラとの件も気になった。一体、何を言い争ったというのか。

「電話でも話した通り、警察には連絡したわ。でもこの国で行方不明者を探すことは砂漠で落とした1枚のコインを見つけ出すようなものなのよ」

イザベラは諦めたようにそうつぶやくのだった。

「どこか彼女の行き先に当てはないのですか」

「私はだめな親よ。彼女の交友関係など全く知らなかったし関心もなかった。手遅れと分かってはいても、学校から教えてもらった数人のクラスメイトに直接電話をして彼女の行方を尋ねてもみたけど、徒労に終わったわ」

私になす術は全くなかった。たかだか10日余り、何故私が帰るのを待てなかったのか、私にはどうしても理解出来なかった。

「帰国まであと2か月ちょっとしかありません。何としても彼女を探し出してみせます」

今はそう言うしかなかった。

イザベラは力なく「感謝するわ」と言い残して帰っていった

私は、ナタリーとのこの半年余りの日々を思い返していた。弱冠18歳の少女の心理など到底理解出来るものではなかったが、彼女が自らの指の治療目当てに、私との結婚に同意したとはどうしても思いたくはなかった。いや、むしろ私への負担を慮《おもんぱか》っての出奔ではなかったのではないか、あるいは、自らの人生に絶望して死を選んだとでもいうのか……。どれだけ打ち消そうとしても、悲観的な妄想だけが、いつまでも脳裏から離れようとはしなかった。

私は翌朝、2週間ぶりにサイモン夫人を訪ね、求めに応じてその日の買い物を済ませた後にソーガティーズの郵便局に寄ってみることにした。このような地方の町では、郵便局がパスポートの申請業務を代行しているということを昨晩イザベラから初めて聞かされていたからだ。私の乏しい英語力で聞けることはわずかであったが、係員の言葉に生活保護者に対して、パスポートを発給しないという答えはなかった。何よりもナタリーに応対した係員は、そのような否定的なことを言った覚えはないと断言した。ナタリーがどのように解釈したのかは知る由もなかったが、ここでも私は自らの迂闊さを後悔した。同行してすべての理由を話せば、決して受け入れられない筈はなかったと思ったからだ。

この日から私の行動は大きく変わった。彼女の写真を焼き増しし、撮影の合間や夜、ソーガティーズの町に点在するバーや若者がたむろするハンバーガーショップなどに配って歩いたが、首を縦に振るものは誰一人としていなかった。そもそも、このような小さな町に彼女が留まっていたとすれば、すぐに手掛かりが掴める筈であった。生きているとすれば、キングストンや彼女と一緒に訪れたアルバニーといった大きな街に行った可能性の方が大きかった。しかし、そこで彼女は何をしているというのか。いつしか私は彼女に男が出来たのではないかとすら思い始めていた。ナタリーの若さと美貌をもってすれば、いくらでも男が寄ってくるであろうことは自明の理だった。そこそこ金持ちの男に取り入れば、指の治療だって不可能ではないのだ。その思いはいつしか私の心の裡《うち》で増幅され、やがて確信に近いものになっていったのだった。

ある夜、私はソーガティーズの町はずれにある小さなバーに入り、バーボンを浴びるほど飲んだ。店に入った瞬間から、好奇の目で見られているのが分かった。店主は私のことを覚えていたらしく、「あの美人のフィアンセは見つかったかい？」と尋ねてきたが、そこから同情といったニュアンスは全く感じられなかった。気が付けば、私は数人の男に取り囲まれ、執拗に東洋人を侮蔑する言葉を浴びせかけられていた。自暴自棄になっていた私は、思わずグラスに入っていたバーボンを一人の男の顔に浴びせかけた。覚えているのはそこまでだった。気が付けば、私は店の外の街路樹の下で大の字になって横たわっていた。右頬に痛みが走ったことで、殴られたあと、店の外に放り出されたのであろうと思った。耳もとに響く足音で、道行く人が私を避けて歩いているのが分かった。その時、私は改めて表向きの善意とは裏腹の白人社会の冷徹ともいえる本質を見た想いがしたのだった。そして、アトランティック・シティで出会ったクニコという女性のことを思い出し、わずかではあったが、彼女が体験したという悲惨な境遇を見たような気がしたのだった。所詮、東洋人である私は、ナタリーの愛の対象になり得ないのだとの思いに支配されてしまった私はもうこれ以上、ナタリーを探すのをやめ、残された日々を撮影に集中しようと心に決めたのだった。

5月の終わりが近づいても、ナタリーの行方は杳《よう》として知れなかった。探すことはすでに諦めていたというものの、車を運転すれば視線が自ずと同世代の似たような女性に向いてしまう。これは致し方のないことであったのだが、その度に味わう虚無感は何時になっても消えることはなかった。そのような思いを振り切るかのように、私は精力的に写真を撮り続けた。サイモン夫人は、一人息子の帰郷を指折り数えて待っている。聞けば10年ぶりの再会だという。まだひと月近くあるというのにもかかわらず、買い物のリストには息子の好物が一つ二つ入るようになっていた。

帰国まであと1か月余りとなったある日の午後、私は美しい新緑に包まれた貯水湖の畔に立っていた。去年の夏と秋、一人この場所を訪れたことを思い出したからだ。四季の移ろいが私の期待を裏切ることは決してなかった。湖畔に佇んでどれほどの時間が経過していただろうか、雲に覆われた空を鏡のように映し出していた水面が突如、一陣の風によって波立つのを見た時、えも言われぬ感情の変化が私を襲ったのである。それは一種の思考の暴走であったのかも知れなかったが、何故そうなったのかは全く分からなかった。制御を失った私の意識はもはや抗うことも逡巡することをも許さなかった。無為の自然に対峙する己のあまりの微小かつ無力たるを思い、それでも支配しようとする人間が、ばかばかしいほど愚かに思えた。生を思い、死を考えた。だが、それらは宇宙という広大無辺の時間軸にあっては、一刹那に過ぎないのだとの思いに達し、我に返ると私は泣いていた。うるんだ目に一筋の光芒がゆっくりと湖面を照らしながら流れていくのが見えた。もしこれが神の与え給うた暗示であったとしたのなら、私はそこに救いを求め得たのかも知れなかった。私はまもなく、このアメリカを去ることになる。日本に戻れば1万数千㎞という距離が、ますますナタリーの存在を希薄なものにするのかも知れない。しかし、この地球上のどこかで彼女が生きているとすれば、それはそれでよいのではないか。況《いわ》んや、たとえ彼女の命が長くはなかったとしても、所詮、人の一生など宇宙の時間軸から見れば一刹那に過ぎないと思えばよいのだと、少なくともこの時だけはそう思った、いや思おうとしていたのである。

その夜、夜風にあたりながらビールを飲んでいるとレイモンドが一人で訪ねてきた。

「タカオはもうすぐ帰ってしまうんだね。お腹が減ってももう何も食べさせてもらえないんだね」

「僕が帰った後、ソーガティーズの町に住むサイモン夫人と日本から帰ってくる一人息子の神父さんがこの家に住むことになると思うけど、そうだなあ、何かごちそうを出してくれることはないだろうなあ」

私はそう答えるしかなかった。

「ナタリーは今頃、どこで何をしているのだろう」

レイモンドがポツリとそう言った。

「レイモンド、屋根に上らないか。一緒にＵＦＯを呼ぼう‼」

私とレイモンドは屋根に上った。

「空に向かって祈るんだ。ナタリーをさらっていったのなら返しておくれって」

レイモンドは素直に頷くと、星空を見つめながら祈るように手を合わせた。

月明りに照らされたハドソン川が、深いシルエットとなった森のかなたを悠然と流れているのが見えた。かすかに緑がかった靄が地上付近を覆っていたが、見上げれば無数の星が輝いていた。凛とした夜気を感じながら、私は改めて貯水湖の畔で体験した予期せぬ思考の暴走を思い出していた。今こうして、レイモンドとともにナタリーの帰還を祈る自分には、やはり宇宙意識に同化することなど、到底不可能であったのである。

「タカオ、寒い」

レイモンドの言葉に私は我に返った。

「おいしい夜食をご馳走しよう。ティナも呼んでおいで」

フレミング神父がソーガティーズに到着したのは6月25日、私が帰国する3日前だった。私はサイモン夫人からの電話で長距離バスの到着時刻を聞いたうえで、バスストップまで彼を迎えに行き、そのまま夫人のアパートに送り届けた。サイモン夫人の喜びようは言うまでもなく、フレミング神父も、私が帰国するまではサイモン夫人のアパートで過ごすこととなった。

私は荷物をまとめながら、やはりナタリーのことを考えていた。帰国したのちに彼女が戻ってきたとしても、私のことはもはや眼中にはないのだろうと思った。とはいえ、私はマーティン家を訪ね、イザベラに彼女がどんな状態であっても、消息が分かれば知らせてほしいと頼んだ。

「それはナタリーに新しい男がいたとしても？」

イザベラはストレートにそう尋ねてきたが、私はもちろん、それでもいいと答えた。

翌朝、私は車を返すためにサイモン夫人のアパートを訪ね、帰路はフレミング神父がウェストキャンプまで送ってくれた。その車の中で、私は神父にこの1年の間に起きた出来事のすべてを話した。

「タカオは今でも彼女を愛しているのですね」

神父は静かにそう言った。初めて第三者に、しかも日本語で話せたことで、私はそれまで抱えていた葛藤を一気に吐き出すことが出来たのかも知れなかった。ウェストキャンプに着いても話は終わらず、フレミング神父は、10年ぶりに自らの生家に立ち寄ることとなった。

「ああ、何も変わってはいない」神父は感慨深げにそう言うと、懐かしそうに古びたソファカバーを何度も撫でた。私はコーヒーを淹れると神父に勧めながら、イザベラと同じ内容のことを頼んだ。

「もし、彼女が幸せそうだったらどうします？」

神父もイザベラと同様のことを尋ねてきた。

「それでも知らせてほしいのです。何故、私の留守中に彼女が家を出て行ったのか、その理由がどうしても知りたいのです。それに、何よりも彼女の指のことが気になってならない。仮に彼女に素晴らしい伴侶が出来、治療をしてくれていれば、それはそれでいいとも思っています」

「もし、ろくでもない男と一緒だということが分かったら？」

「私はここに戻ってきます。そして彼女にもう一度会って、話し合いたい」

「あなたはナタリーを愛しています。ただ、その愛の形をうまく表現出来ないでいるのだと思います」

「それはどういう意味ですか？」

「私は神職ですので男女のことはよく分からない。しかし、あなたの話を聞く限り、ナタリーは少なくともあなたを愛していたのだと思います。ただ彼女は若い。あなたはまずそこに小さな罪悪感を抱いたのではないでしょうか。それと、彼女が深刻な病をもっていることに同情したがゆえの愛ではなかったかという迷いもあったのではないかと思いますが、いかがですか。そしてもう一つ、これは失礼な話になるかも知れないが、人種的な劣等感もあったのでは。つまり素直にナタリーを一人の女性として見る目が、あなたには欠けていたのかも知れません」

フレミング神父の言葉には、これまでの私自身の葛藤のすべてが含まれていた。確かに私はナタリーを一人の女性という視点で見ていなかったのではないか。であるから、彼女を取り巻く人間関係や、その生い立ちに対して無関心でいられたのだろうと私は思った。

「きっと彼女も似たような思いを持っていたのかも知れません。そこには若さゆえの刹那的な感情や冒険心もあったことでしょう。言葉の壁もあったのかも知れないが、あなたのやさしさがひょっとすると彼女にとって重荷になっていたことも考えられます。ともあれ、あなたが帰った後、隣のマーティン家を訪ねてみることにしましょう。そして、私からも何か情報が入ったら知らせてもらうように頼んでみることにします」

私は心の底からフレミング神父に感謝した。

「それでは明日の昼過ぎ、迎えにきます」

そういってフレミング神父は帰っていった。

その晩、私はマーティン家の人々に別れを告げた。イザベラには間もなく移り住んでくるフレミング神父がいろいろと相談に乗ってくれるだろうと伝え、ティナとレイモンドには、くれぐれもサイモン夫人を怒らせるようなことをしないよう忠告した。

「タカオは何時か、戻ってくるの？」

ティナがべそをかきながらそう言ったが、私はきっと戻ってくるだろうと答えるしかなかった。

翌朝、すべての出発準備を終えた私は、コーヒーカップを片手にいつもの散歩コースを久しぶりに歩いた。新緑の森は何時しか深い緑に包まれ、キャッツキルの山々はその陰に隠れて眺めることは出来なかった。たかだか1年ほどの間に起きた様々な出来事を反芻しながら、この先、自分はどのような人生を送ることになるのだろうと考えてみた。編集長は帰国後も定期的に海外での取材を頼みたいとの意向を示しており、私もそれに応じるつもりであったが、ウェストキャンプでの1年に勝るような経験を得るようなことはもう二度とないだろう。

昼過ぎ、迎えに来たフレミング神父の車に乗り、途中でサイモン夫人のアパートに寄り、別れを告げた。もちろん、彼女はナタリーとのことを知る由もなかったが、ウェストキャンプで暮らすようになれば、否が応でも隣家の住人と触れ合うこととなろうし、フレミング神父が成り行き上、そのことを話す日も来よう。その時夫人はどんなに驚くことか。私は涙を流しながら厚い抱擁をしてくれた夫人に心の中で詫びるのだった。「隣家の番人」の役目だけは果たせなかったと。

背後に「タカオに神の祝福を」という夫人の声を聞きながら、私たちはスルーウェイ87、23番出口脇のモーテル前にあるバスストップに向かった。

「タカオがまたこの地を訪れることになるかどうかは、まさに神のみぞ知ることです。しかし、私は何故かあなたと再会するような気がしてなりません」

フレミング神父の言葉だった。私は、何も答えなかったが、心の中では間違いなく戻ってくることになるだろうと思った。

バスは定刻よりも20分遅れて到着した。

いつもは前しか見ることが出来なかったスルーウェイ87からの光景を真横に眺めな

がら、私はこの美しい風土の中で1年という時間を過ごせたことに心から感謝した。そして、いつかこの地に戻ってくる日があるとすれば、それはある意味で、修羅場の始まりを意味することになるのかも知れなかったが、それでも私はその日が来ることを願っていた。つまり、どうしても、もう一度ナタリーに会いたかったのである。

やがてバスはマンハッタンに入り、私はポートオーソリティのバスターミナルからタクシーを拾い、予約してあったグリニッジビレッジ近くにある安宿に着いたのだが、もはや一歩も外に出る気がしなかった。

ウェストキャンプに滞在中、マンハッタンには数回訪れたことがあった。一度はビザの延長のためであり、何度かこの猥雑な街の撮影を試みたこともあったのだが、最後まで弱肉強食を絵に描いたようなこの街を好きになることは出来なかった。

翌日、私はJFケネディ国際空港から帰途についた。

七

六本木から西麻布の交差点に向かう通りの途中にある古びたビルの11階に、その出版社はあった。「月刊マイハピネスツアー」編集長の野村は、この1年間の私の取材を高く評価してくれ、これまでの随時契約から、年間契約で仕事を請け負うことになった。これにより1年のうち100日近くは、海外での取材を余儀なくされることとなるが、収入は同年代の一般的なサラリーマンの2倍ほどになった。

帰国後、私は世田谷の三軒茶屋に2DKのマンションを借り、そこから国内外の取材先に向かうようになっていた。

私がアメリカ東海岸で撮った写真と手記は、出版社が発行する旅行雑誌はもちろんのこと、様々な媒体で使用されるようになり、編集長の言葉通り、空前の海外旅行ブームのなか、定型的なツアーを嫌うマニアックな旅行者たちのバイブル的存在となっていたようだった。帰国後、これまでの逆風とも言えた私を取り巻く環境は、この1年余りの間に、すべて追い風へと転じていったのである。アメリカから帰国後の私の行き先は、猛烈な発展を遂げる一方で今尚、ミステリアスな地域も残る中国に集中していた。ビザの関係もあり、長期滞在ではなく、頻繁に往復するパターンとなっていたが、当面は上海周辺の取材が多かったことから、移動時間も少なく、効率的に撮影をすることが出来た。

野村編集長から一杯やらないかと声がかかったのは、8月も終わりに近づいた蒸し暑い晩のことだった。私は前日、上海から戻ったばかりであり、疲労困憊《こんぱい》していたが、野村からの誘いとあれば断るわけにもいかなかったし、いずれナタリーのことも詳しく話しておかなければとも思っていた。

野村は行きつけにしているという新橋の店へと私を誘った。烏森神社の参道まがいの道の両側には、小さな店がひしめくように並んでいたが、野村はその中でもことさら古びた佇まいの店に私を招き入れた。カウンターしかなく、7、8人も入れば満席になるような店だった。

「この人なのね。例のアメリカ帰りというのは。なかなかいい男じゃないの」

決して美人ではなかったが、品のある顔立ちの女将がそう言ったところをみると、野村はこの店ですでに私のことをかなり話しているようだった。

「今日はその詳細を本人から聞こうかと思ってね」

野村は私のグラスにビールを注ぎながら言った。

「実は、昨日フレミング神父からの手紙を受け取ったんだ。やはりいろいろあったようだね」

イザベラとフレミング神父には当面の連絡先として出版社の住所を伝えてあったので、何かあればそちらに届く筈であった。ともあれ、野村にはすべてを話すしかなかった。

「まあ、君から送ってくる写真や、例の指のことでの問い合わせで、彼女とはただならぬ関係になったのだろうとは思っていたよ。フレミング神父からは、いずれ君から何らかの相談があると思うが、その時は真摯に話を聞いてやって欲しいとだけあったよ」

「その後の彼女の行方について、何か書いてはありませんでしたか？」

「そのことについては何も触れられていなかったな。で、もし彼女の消息が分かったら君はどうするつもりなのかね」

私は答えに窮した。正直に言えば、最近の仕事の忙しさに加え、すでに諦観にも似た感情が芽生え始め、次第に遠のいていくナタリーの姿をあえて追うことはやめていたからだ。

「帰国する前にフレミング神父にも相談しましたが、今は彼女を引きとめる力が私にはなかったのだと思っています。ですが、もし何らかの知らせがあれば、また私の心は動揺するかも知れません」

そう答えるのが精一杯だった。

「分かった。神父にはそのように伝えておこう」

野村はそう言って新たなビールをもってくるよう女将に言った。

「野村さんはずっと、あなたがその女性と恋に落ちたのではないかと心配していたのよ。そして、その女性の病気のことで悩んでいるようだともね。そうよね、いなくなってしまえば、しかもこれだけ離れてしまえば、未練も何もあったものじゃないわ。でもね、私、この話はこれで終わりにはならないと思うの」

新たなビールを出しながら女将が口をはさんできた。私は少々腹が立ったが、野村がいろいろと話している以上、また目の前ですべての話を聞かれてしまった以上、致し方なかった。

「まだ終わらないとは？」

「ただの女の勘よ」

女将はそういって私のグラスにビールを注いだ。

「まあ、人間は忘却の達人と言うではないか。当面は仕事に埋没するのもいいだろう」

野村はそう言って、私の背中を軽くたたいた。

9月に入っても暑い日が続いていた。私はふと鎌倉に一人で住む母のことが気になり、ほぼ3年ぶりに電話を入れた。母は元気だった。そして私に会いたいと言ったが、近いうちに行くよとだけ言って電話を切った。写真家になることに反対され、離婚を機にほぼ絶縁状態となっていたものの、4年という歳月が、双方のわだかまりを風化させていたのかも知れなかったし、何よりも母は最近の私の活躍ぶりを知っていたようだった。

実家は浄妙寺の近くにあった。滑川にかかる小さな橋を渡ると「箏曲教授　二階堂歌芳」の大きな看板が目に入った。ほぼ5年ぶりの帰省だった。60歳を少し超えたばかりの母は相変わらず若く見え、精力的に弟子たちを集めては、琴を教えているようだった。私は子供の頃から母の琴の音を聞きながら育ってきたが、そのひたむきさの裏には父との不仲があったことも知っていた。考えてみれば、母も不幸な女性だった。門をくぐると小さな庭があり、母が植えたのであろうか、彼岸花や女郎花《おみなえし》の花が咲き乱れていた。

「ずいぶんと活躍しているようね」

母はそう言って、何事もなかったかのように私を迎え入れてくれた。私は心配をかけ続けてきたことを素直に詫びた。

「多江さんとのことは残念だったけど、今からでも遅くはないわ、早くいい人を見つけて私を安心させて頂戴」

「多江には本当に申し訳ないことをしたと思っているよ。彼女が勤め先の病院の医師と結婚したって聞いて、少しはほっとしたんだけどね」

「誰かいい人はいないの？」

私はいないと答えた。しかし、この時あたかも過去の出来事のようにナタリーとのことを話した。

母はそれを黙って聞いていたが、

「今だから言うけど、私は多江さんにこっそり金銭的な支援を申し出たことがあったの。不甲斐ない息子で申し訳ないと。でも彼女はそれをきっぱりと断ってきたわ。孝夫は私が守りますと言ってね」

初めて聞く話だった。男として多江を守ってやれなかったというよりも、母が言っていた通り、多江と離別してまでも、自分の生き様を優先しようとした当時の冷徹さを、私は改めて悔いたのだった。


その年の秋のある晩、私は別れた妻を偶然、六本木の交差点で見かけた。一瞬躊躇ったが、結局声をかけずにはいられなかった。彼女は少しばかり驚いたような表情を見せたが、懐かしい笑顔を見せながら、

「時々雑誌を読ませてもらっているわ。ずいぶんとご活躍のようね」

と言った。

私は彼女を行きつけのバーに誘った。そこは、外国人が多く集まることで名が知ら

れており、私は海外取材のネタ探しを兼ね、時々この店を使うようにしていた。多江は友人との会食を終えた帰り道だと言った。

「幸せそうに見えるね」

「そう見えるのならそうかも知れないわ」

曖昧さが漂う多江の返事だった。彼女が医師と再婚したことは友人からの知らせで知っていた。当然、経済的にも恵まれ、看護婦の仕事は辞めているのだろうと思ったが、彼女から生活感を感じることはなかった。

「新しいご主人は医者だって友達から聞いたよ」

「15歳も年上のね」

多江は投げやりにそう言ったが、その先に続く言葉はなかった。

「あなたの方はどうなの？」

「こちらは仕事が忙しくてそんな暇はないよ」

多江の問いに、私もこのように答えるのだった。そして1年に及ぶアメリカでの生活ぶりを彼女に聞かせたが、ナタリーのことには触れなかった。重苦しく、ぎこちない時間だけが過ぎていった。

「昔、あなたと何度か行った青山のシーフードレストラン、今でも時々一人で行くのよ。あの頃が懐かしくて」

多江の幾分やつれた横顔を見ながら、彼女にはやはり未練があるのだろうと私は思った。

別れ際に彼女は1枚の名刺を私に手渡した。（城西医科大学病院　第二内科　副看護婦長）とあった。苗字は片桐に変わっていた。私はそれをポケットにしまうと、六本木駅の方に向かって歩き始めた。振り返ると彼女はまだその場に立ち尽くしていたが、私が手を振ると、彼女も力なく右手を挙げたのだった。

私は運命のいたずらを思わずにはいられなかった。ようやく、人並みに生活が出来るようになった今、多江は人妻となっていた。しかも、その表情から伝わってきたのは、幸福感とはほど遠い疲労感ばかりであった。今尚、看護婦として働き続けているのは、単にそこに生き甲斐を見出しているからなのか、それとも夫婦の間に何か問題があるからなのか、その理由は知る由もなかったが、結局、多江もナタリーも、守ってやれなかったという点で同じだった。そしてそれは、写真を撮り続けたいという自らのエゴイズムが招いた結果であったのかも知れなかった。私はまた多江に会おうと思った。身勝手ではあったが、間に合うのであればやり直したいという思いが心のどこかに沸き起こりつつあるのは確かだった。

八

アメリカから帰国して1年がたっていた。今尚、ウェストキャンプからの便りはなかったが、フレミング神父から野村宛ての手紙で、サイモン夫人が亡くなったことが知らされたのはひと月前のことだった。私は新たな連絡先を添えたおくやみの手紙をフレミング神父宛てに書いたが、返事はなかった。そのことは、依然として、ナタリーの消息が知れていないことをも意味していた。ナタリーは元気に暮らしているのか、彼女の指はその後どうなったのか、治療を受けていなければ、病状はかなり進行している可能性があった。ナタリーとの濃密な時間を反芻することはあっても、突然の失踪によってすべては失われたのだと諦めた筈であった。ただ、私は結婚を受諾した時のナタリーの目に偽りはなかったと、今でも信じている。何故、一時的とはいえ、彼女から目を離してしまったのか、そのことが今尚、狂おしいほどの後悔となって睡眠を妨げる夜もあるのであった。しかしその一方で、私はひと月に一回ほど、多江と会うようにもなっていた。医師である彼女の夫は仕事に忙殺され、殆ど家には帰らず、多江は恐らくはどこかに女が出来たのだろうと言った。そして一旦は看護婦の仕事を辞めたが、夫との間が間遠になってからは、別の病院に勤めるようになったのだという。私は多江を薄幸な女だと思った。そもそも、私からの一方的な離別の宣告がなければ、それはそれでうまくいっていたのかも知れず、結局は、私の身勝手さが彼女を不幸にしたともいえるのだった。そして母から聞いた、多江が金銭的支援をきっぱりと断ったという言葉は依然として私の心に重く突き刺さったままであった。多江が注意深くではあったが、私との復縁を望んでいることは彼女の言葉の端々から伝わってくる。私は迷っていた。その迷いの理由は言うまでもなくナタリーにあった。やはり、彼女との約束が頭から離れなかったのだ。

私はいずれナタリーのことを多江に話さなければならない日がくるだろうと思った。

9月に入り、私は2週間の日程でのベトナム、カンボジアの取材準備を進めていた。今回はオーソドックスな観光コースを予定しており、編集長の野村も同行することになっていたのだが、出発する2日前、私はフレミング神父からの手紙を受け取った。

内容はナタリーが戻ってきたというものだった。そして私に会いたがっているのだと言う。すでに、多江との再出発に確信をもち始めていただけに、私は大いに混乱した。

フレミング神父によれば、彼女はかなり憔悴《しょうすい》した様子だという。私は神父との約束を思い出していた。彼女がどんな状態であったとしても必ず戻るという。時計を見ると午後10時半を少し回った頃だった。つまりウェストキャンプは朝の8時半、思えば、私がサイモン夫人に電話を入れていた時刻だった。

私はかなり長い時間、神父に電話をするべきかどうか迷い続けた。このまま黙殺することも出来た。多江の顔が思い浮かんだが、電話をすれば私は間違いなく、ナタリーのもとを訪ねることになるだろう。少なくとも、失踪した理由だけは直接会って聞きたかった。ようやく落ち着きを取り戻しつつあった自らの人生が、再び大きなうねりの中に迷い込むのを予感しながら、私はウェストキャンプのフレミング神父宛ての国際電話を申し込んだ。ナタリーに直接電話しなかったのは、やはりすべてのことをフレミング神父に知っていてもらいたかったからだ。

「おお、孝夫さん、電話してくれたのですね。正直言うと私はもはや半信半疑でした。

何せ1年半という時間が流れたのですから」

私は今は亡きサイモン夫人に対するお悔やみを述べた後、一刻も早くナタリーと話したいと言った。

するとフレミング神父は、1時間後にもう一度、電話するようにと私に告げ、次の一言を付け加えることを忘れていなかった。

「彼女は今でもあなたのことを愛していますよ」

逸る気持ちを抑え、ぴったり1時間後、私は再度国際電話を申し込んだ。

「私よ、タカオ！」

1年半ぶりに聞くナタリーの懐かしい声だった。

「ナタリー！　ナタリーだよね！　心配していたんだぞ。一体どこに行っていたんだ？」

「……ごめんなさい。本当にごめんなさい。タカオ……早く会いたい。早く日本に行きたい！」

ナタリーの声は震えていた。そして消え入りそうな声で何かを言おうとしているようであった。だが、私はそれを遮り、

「ナタリー、今の仕事が終わったら、出来るだけ早くそちらに行くよ。その時にゆっくりと話を聞こう。それまで気をしっかり持って待っているんだよ！」

「分かったわ。タカオ、もう心配しないで。神父様がそばにいてくださるので私は大丈夫よ。タカオが来るのを楽しみに待っているわ」

ナタリーはそう言って電話をフレミング神父に替わった。


野村とのベトナム、カンボジア撮影旅行は途中、小さなハプニングに遭遇しながらも何とか無事終わった。私がフレミング神父に電話を入れた話を野村にしたのは、シェムリアップで、アンコールワットの遺跡群の撮影を終えた日の晩のことであった。私たちは湿気を帯びた生ぬるい風を受けながら、ホテルのテラスにしつらえられたラウンジでビールを飲んでいた。

野村は暑さと長距離の移動で、さすがに疲れたと言っていたが、無事に撮影旅行を終えられたことに満足そうだった。

「やはり百聞は一見に如かずだな。ポル・ポトによる遺跡破壊がなければ、さぞや壮大な伽藍が楽しめたことだろう」

野村は感慨深げにそう言ったのだが、正直私が撮る遺跡群は、まさに今の姿以上のものでもなく、そこに銃弾痕が残っていても、首をはねられた仏像があったとしても、それが私にとっての被写体に他ならなかった。ただ、この国の人々の貧しさだけは正視するのが辛かった。

「編集長、帰国したらしばらく休暇をいただきたいのです」

私がそう切り出したのは野村が2杯目のビールを飲み終えようとしている時だった。

「やっぱりニューヨークに行くんだね」

野村は見透かしたようにそう言った。

「実は出発の2日前に、フレミング神父からナタリーが戻ってきたという手紙を受け取ったのです。私は散々悩んだ挙句、フレミング神父に電話を入れました」

「たしか、君はナタリーが戻ってきたら必ず会いに戻ると、神父に約束したのだったな」

「はい。正直、あれから1年以上が過ぎて私の心は揺らいでいたのです。しかし、神父はその約束を信じてくれていました。ナタリーが私に会いたがっていると言い、神父は1時間後にもう一度電話をかけてくるようにとおっしゃったのです」

「で、今度はナタリーが出たということか」

「はい、彼女は泣きながらひたすら私に謝り続けていました。そして彼女は何かを言おうとしたのですが、私は敢えてそれを遮りました。そうしたのは、何故、私の前から消えたのか、またその後の指の状態はどうなのか、この1年半、どのような暮らしをしていたのかを話そうとしていたのでしょうが、たとえ話を聞いたところでどうにもならないと思ったからです。そして、私との結婚を今でも望んでいる以上、ナタリーを迎えに行かなければならないと決心したのです」

「分かったよ。君の好きなようにするがいい。もし長引くようだったら早めに連絡してくれ。多少腕が落ちても代わりのカメラマンを探さなければならない」

私は野村に礼を言い、フレミング神父がもし私の気持ちが変わっていないのなら、ナタリーのパスポート取得に尽力する約束をしてくれたことや、ニューヨークの日本総領事館に知己の副領事がおり、日本へのビザの申請に力を貸してくれるだろうという力強い言葉をもらったことも伝えた。

翌日、私たちはホーチミン経由で日本に帰国した。

ほぼ2週間ぶりに三軒茶屋のマンションに戻り、私は部屋の空気を入れ替えながら、ここにナタリーがいることを想像してみた。ナタリーとの電話を切った瞬間、私は間違いなく彼女を日本に連れて帰ることを確信したのだった。そして、そのために準備すべきことを列挙し始めていたのである。

アメリカから日本への入国ビザを取得するには通常1か月かかると言っていたが、フレミング神父は、それを短縮する努力をするとも言ってくれていた。私は即日、アメリカへの入国ビザと国際免許証を申請し、一方で一刻も早く彼女に治療を受けさせるために入籍手続きについて区役所に問い合わせたりもした。

フレミング神父からナタリーのパスポートが下り、これから日本への入国ビザを申請するという短い電話連絡を受けたのは、カンボジアから帰国して2週間後のことだった。この時私はその後の彼女の様子を聞いてみたが、ナタリーの過去を知らない神父に、外見上の変化を聞くことは所詮無駄なことであった。ただ、最近はすっかり神父に対して心を開いているのだという。

出発の前日、私はすべてのことを告白するために、六本木のレストランに多江を呼び出した。

「はっきり言う。もしこのことがなければ、私は君とやり直すつもりだった。そして彼女のことも半ば忘れかけていた。いや、諦めかけていたといった方が正しいかも知れない。多江の気持ちが薄々分かりながら、それに応えることを逡巡していたのは、やはり彼女のことがあったとしか言いようがない」

再び彼女を裏切ることになるとの激しい自責の念にかられながらも、私は正直に話すしかなかったのである。

多江は黙って私の話を聞いていたが、

「所詮、あなたはそういう人よ。メラノーマという病気の恐ろしさを知ったうえでそうしたいのなら、それは間違いなく愛だわ。私が立ち入る余地はない」

多江はそう言うと私の前を静かに去っていった。

九

約13時間の飛行を終え、1年数か月ぶりのJFKニューヨーク国際空港に着いたのは朝の9時過ぎだった。マンハッタンのポートオーソリティからアディロンダック・トレイルウェイズの長距離バスでキングストンまで行き、そこでレンタカーを借りた。そこからウェストキャンプまでは、州道9Wで1時間もかからない。紅葉に包まれた田舎道を北上し、ソーガティーズのモーテルに宿を取ってから、懐かしいかつての住処に到着したのは午後3時過ぎだった。

車を停めるとフレミング神父が出迎えてくれた。招き入れられた室内の様子はすっかり変わっていたが、私は改めてサイモン夫人が亡くなったことに対するお悔やみを述べ、遺影の前に日本からもってきたカステラを置いた。彼女と初めて会ったときに日本土産として手渡したものだ。

「母は最期までタカオのことを懐かしがっていましたよ。まるで孫のようだったとね。

改めて母の面倒を見てくださったことに感謝します」

フレミング神父はそう言うと、私を新調されたソファに誘った。

「今すぐにでも、ナタリーに会いたいでしょうが、その前に私はあなたにいくつかのことを確認しなければなりません。ナタリーはすでにあなたの到着を知っているでしょう。朝からずっと待っていましたから。私が呼ぶまで来てはいけないと彼女には言ってあります」

彼のやや、かた苦しい日本語で私は緊張を覚えた。

「まず、聞きたいことは、去年の別れ際に私と交わした約束の件です。あなたは今でもナタリーを愛していますか。そして彼女との結婚の意思は変わりませんか」

私は変わらないと答えた。

「次に、この1年半の間に彼女に何が起こっていたとしても、その思いを貫く自信はありますか？」

私は自信があると答えた。もとより、それはある程度想定していることだった。

「電話でもお話しした通り、彼女は毎日のように私のもとを訪れるようになりました。そして、私が神父だったことを知ってから、彼女は様々なことを打ち明けてくれるようになりました。その話を今聞きたいですか？」

私は一瞬迷ったが、聞きたいと言った。

「まず、彼女が家を飛び出した直接の原因は、イザベラとの言い争いにあったそうで、あなたが帰ってくる前には家に戻るつもりだったのです」

「何故、それが1年以上にも及んだのですか？」

神父はしばらくの間、天を仰いでいたが、深いため息をついた後にさらに話を続けるのだった。

「彼女は家出をしたその日、友人の家に泊まるつもりだったそうです。ところが友人の家に辿り着く前に、コンビニエンスストアの前で若い男に捕まり、車に押し込められてユティカという町まで連れて行かれたのだそうです。そして、そのまま帰ることも連絡を取ることも出来ず、結局1年以上、監禁に近い状態で暮らしていたというのです」

「ユティカで監禁？」

にわかには信じ難い話であった。ユティカはソーガティーズから60マイル以上離れたニューヨーク北部の町である。しかもそこで監禁されていたとなれば、これは完全に誘拐であり、犯罪以外の何物でもなかった。

「ナタリーの言葉です。そしてここから先はかなり話しづらいのですが……」

私は咄嗟にそれ以上話さなくてもいいと言った。

少なくとも、この時は聞きたくはなかった。続くであろう話の先には耐えがたい結論があるであろうことが容易に想像出来たからだ。それに何よりも気になっていたのは彼女の指先のことであった。

「では指の治療は？」

「全く受けていないようです」

「神父、ナタリーを呼んでください！」

そう言うなり、私は外に飛び出した。

すぐにナタリーが玄関から出てくるのが見えた。そして私の姿を認めるや、一目散に私をめがけて走ってくるのだった。

「会いたかった!!　タカオ！　ごめんなさい、タカオ！」

私に飛びついてきた彼女の体は明らかに痩せていた。

「フレミング神父から少しだけ話は聞いたよ。君はバカだ。何故僕を待っていてくれなかったんだ」

「ごめんなさい。私が軽率だったの。すべては私が悪いの。では私が家を出て、どうしていたのかも聞いたのね」

「いや、聞いたのは君が拉致、監禁されていたという話までだ。今は何も話さなくてもいい」

　この時、私は彼女のひとさし指を見た。言うまでもなく爪の筋は一段と濃くなっていたばかりか、爪の周辺にまで黒いシミのようなものが広がっていた。そして、私がさらに驚いたのは、その手の甲に刻まれたタトゥだった。決して大きなものではなかったが、サソリのような形をしたそれは、彼女のひとさし指を襲うかのように屹立していたのである。そしてその不気味な姿は、彼女のこの1年半の生活を暗示する何よりもの証拠だった。ナタリーは私の視線に気が付いたのか、慌てて何かを言おうとしたが、私はそっと彼女の唇に指をあてた。

「一緒に日本に行ってくれるね」私がそう尋ねるとナタリーは小さく頷いた。

　ナタリーと私はフレミング神父の前に戻った。

「フレミングさん、あなたのお陰でこうして私はナタリーと再会することが出来ました。お約束通り、私は彼女を守ります」

私はそう言い、改めてフレミング神父に感謝した。

その夜、私はマーティン家を久々に訪問し、イザベラに改めて彼女との結婚の意思を伝え、日本に連れて行くことの許しを得た。

「タカオ、私は16歳の時に何も分からないままに結婚し、二人の男から五人の子供を産んだ。子供が出来るのは愛の証があるからだと信じていた。でも、夫との愛が壊れた瞬間からは、残された子供たちをいかに育てていくかということばかりだった。私は同じ過ちを二回繰り返したの。そして私のエゴイズムのために、かけがえのない娘の一人を失った。この時、私は別れた夫を無能呼ばわりしたわ。夫はうつむいたまま、三人の子供を残して去っていった。私は子供たちにどれほど辛い思いをさせてきたことか。でも皆、私を許してくれた。タカオ、あなたのナタリーに対する愛は、私が今まで出会うことが出来なかった真実そのものだということが分かったの。ナタリーは幸せ者よ。彼女の人生のすべてをあなたに委ねます」

「彼女の病気はきっと日本で治せると思います。私は絶対に彼女を見捨てたりはしません」

少しばかり大人になったティナとレイモンドが、べそをかきながらナタリーと抱き合っていた。イザベラはナタリーの身に何が起こっていたのかについて一切、口にすることはなかった。そしてこの時も何がナタリーとの口論のきっかけとなったのかについても話すことはなかった。

その夜、私はナタリーとソーガティーズのモーテルで過ごした。ナタリーの体は明らかに依然のものとは異なっていた。彼女の空白の1年半を物語る野性的な何かを感じ、私は躊躇することもあったが、この時、多江の「あなたは所詮そういう人よ」という言葉が脳裏をかすめた。

翌朝、私はモーテルから3日後の帰国便の予約を済ませ、ナタリーとともにウェストキャンプに戻った。

ナタリーが荷物をまとめると言って家に戻った後、私は再びフレミング神父に会った。

「タカオ、私は彼女のパスポートの早期申請をする際に、ナタリーの病状をその理由にしたのです。そのためには医師の診断書が必要でした。あなたも知っての通り、この国で保険のない人間は十分な医療を受けることが出来ません。とはいえ、日本でいう蛇《じゃ》の道は蛇《へび》、私のハイスクール時代の同級生が医師としてキングストンの病院で働いていることを知り、彼女をその病院に連れて行ったのです。そこで彼女の指を診てもらい、出た結論はやはりメラノーマだろうということでした。詳しくは検査出来ませんでしたが、少なくともすでに内臓への転移が始まっていてもおかしくはない状態だろうと、その医師は言っていました。そして、もしそうであれば、彼女の寿命は決して長くはないだろうと……」

フレミング神父の言葉にさほど動揺しなかったのは、この言葉をある程度覚悟していたからかも知れない。

「この1年余りの遅れが致命的であったとしても、去年お約束した通り、彼女を日本に連れて帰るという気持ちに変わりはありません」

私はフレミング神父の、文字通り献身的な協力に改めて感謝するとともに、これまでにかかったであろう費用について、是非支払わせてくれと申し出たが、神父はすべて亡き母への貢献の恩返しと言って聞き入れてくれなかった。

そして翌日、フレミング神父は心ばかりの結婚式を執り行ってくれた。参列者はイザベラ、ティナ、レイモンドだけであったが、暖炉の上にしつらえられた、にわか仕立ての祭壇の前で私とナタリーは永遠の愛を誓い合った。

「健やかな日も病める日も……」という言葉が耳に残って離れなかった。

その日の晩はフレミング神父も交え、マーティン家でささやかなパーティを催してくれた。

神父の言葉から、ナタリーが監禁先で少なからず性的な虐待を受けていたであろうことは容易に想像出来た。もちろん、ナタリーを責めることは出来なかったが、ともあれ、今、私の前にいる彼女は快活であり、ティナやレイモンドに私が教えた日本語を楽しそうに披露していたのである。

１９９６年11月10日の夕刻、私とナタリーは、ウェストキャンプを出発した。残照にシルエットとなった木々の梢から、散り残っていた木の葉が、冷たい風に煽られて車の上に降り注いだ。その乾いた音があまりにも物悲しく、私は思わず落涙しそうになった。

「タカオ、泣いているの？」

「いや、君の方こそ、日本に行ったらこの景色を懐かしく思うことになるのではないかと思ってね」

「私のために泣いてくれたのね」

「今、この瞬間がどれだけ愛おしいことか」

「私は幸せよ。たとえ二度と、ウェストキャンプに戻ることが出来なくても、私に悔いはない」

「いや、必ず戻ってこられる日が来る。今はそれを信じるんだ。いいね」

「分かったわ」

レンタカーをキングストンで返し、私たちは長距離バスでマンハッタンに向かった。

夜のスルーウェイ87はさすがに交通量も少なく、はるか前方を走る車のテールランプと、規則正しく後方に流れていく照明灯が睡魔を誘った。しかし、生まれて初めてマンハッタンの摩天楼を見るという彼女は、無邪気な子供のように、リムジンバスの窓に額をつけたまま、流れゆく景色を楽しんでいるのだった。

その日は予約してあったミッドタウンのパークアベニュー沿いにある古いホテルに一泊した。ホテル内のレストランで夕食を摂っていると、赴任してきたばかりであろうか、顔を紅潮させたスーツ姿の日本人の男が、我々の様子を窺っているのが分かった。私が若い女を連れているのを羨むかのような淫猥な視線であった。確かに37歳になんなんとする私と20歳になったばかりのナタリーを夫婦と思う者はいないだろう。日本に帰れば我々はさらなる好奇の目にさらされることを覚悟しなければならなかった。

翌日、日本に向けて出発するまでの間、私たちはホテルの周辺を散策することにした。近くにはエンパイアステートビルや、国連の本部もあり、彼女にとっては驚きの連続であったに違いない。今のところ、彼女の体調に変化はないようであった。とはいえ、この1年半でのナタリーの指の著しい変化はいつ、病変が生じても不思議ではないようにも思え、彼女の興奮する姿を見ながら、私はただひたすら無事に日本に着くことだけを祈っていた。

夕刻、私たちはJFKを飛び立った。

「私、飛行機に乗るのはじめてよ」

彼女はマンハッタンの街の灯が次第に遠ざかるのを一心不乱に見つめていた。今、彼女は何を思うのか、はるか1万㎞のかなたにある見知らぬ国に向かうこと一つとっても、大いに不安であったに違いない。ましてや彼女を待ち受けているのは日本での病との戦いであり、それは同時に孤独との戦いでもある筈であった。私自身、この先いかなる運命が待ち受けているのか想像もつかなかったが、彼女を全身全霊で支えていかねばならないという覚悟だけは定まっていた。ひたすら北に向かうジェット機の単調なエンジン音に朝から続いていた興奮が収まったのであろうか、いつしかナタリーは私の方に頭をもたげ、眠っていた。長いまつ毛の先に小さな涙の雫が載っていた。私はナタリーの体を引き寄せた。そしてそのぬくもりを感じながら、絶対に彼女を死なせてはならないと思った。

十

成田空港に着いてからもナタリーの好奇心が収まることはなかった。彼女の荷物が詰まった重たいスーツケースを引っ張る私をよそに、ナタリーはまるで少女のように駆け出しては、興味の対象の前で立ち止まるといった行動を繰り返していた。

「あれは何？」

「飲み物の自動販売機だよ」

「買ってみてもいい？」

私が小銭を渡すと彼女はずいぶんと長い間、サンプルを睨みながら迷っていたが、ようやくボタンを押し、缶コーヒーを手に取ると、

「わあ、冷たいコーヒーなんて初めて！　しかも缶に入っているなんて！」

一事が万事このありさまだった。一口飲んでは「おいしい！」を連発し、成田エキスプレスに乗ったところで、私が密かに買っておいた「弁当」を渡すと、渋谷に着

くまで「おいしい」の嵐はとどまるところを知らなかった。

列車を降りても、彼女の興味は尽きることがない。

「何なの？　この大ぜいの人たち！　みんなどこに行くの？　何故、皆急いでいるの？」

ナタリーは、まるで初めて散歩に出た子犬のように見るもの聞くものすべてに過剰なほどに反応し、ようやく三軒茶屋のマンションに着いた頃には、むしろ私の方が疲労困憊していた。

「日本人は皆こんな小さな家に住んでいるの⁉」

「あはは。東京は特にね。土地の値段が高いから仕方がないんだよ」

彼女は物珍しそうに室内を歩き回っていたが、一番驚いていたのが畳とウォシュレットのトイレのようだった。

「今日からここが君の家だ。すべてが小さく見えるだろうけど、すぐに慣れる筈だ。僕がアメリカで経験したこととは逆だけどね」

「タカオにはすべてが大きく見えたのね」

ナタリーは笑った。

「明日は一日ゆっくり休もう」

一刻も早く、彼女の指を医者に見せたかったが、まずは体力の温存を第一に考えた。そして、その前にやらなければならないことも多くあった。

私が和室に布団を延べると再び彼女の好奇心に火が付いたが、あっという間に眠りに落ちていった。

翌日、二人が目を覚ましたのは昼過ぎだった。私は時差の影響で明け方近くまで眠れなかったのであるが、ナタリーは熟睡出来たようだった。

「さて、昼食はどうしようか。君はこれまで料理なんてしたことないだろうから、当分は僕が作るか弁当を買ってくるか外食だね。何か食べたいものはある？」

「スシ！」

「分かった。では以前話したことがある回転ずしに連れて行こう」

そこでの彼女のはしゃぎようは、若き妻というよりも、一人の二十歳《はたち》の娘に他ならなかった。

三軒茶屋の雑駁《ざっぱく》とした路地の両側には様々な飲食店が軒を連ねていたが、その奥まったところにある回転寿司屋に入ると、眼前を流れるすし皿の列にナタリーの目はたちまち釘付けになったようであった。そのような生き生きとした様子からは、彼女が重篤な病に侵されているとは到底思えなかった。そしてこれまでのことすべてが単なる悪夢ではなかったかとさえ思えてくるのであった。しかし、彼女がすし皿を取るたびに、左手の甲に刻まれた入れ墨が否応なしに目に入った。恐らく周囲の客もそれに気付いている筈だった。アメリカではポピュラーであっても、この日本で暮らすうえで、かなり厄介な代物になるだろうと私は思った。もっともナタリーはそれを気にするでもなく、次々と皿を取っては、ウェストキャンプで覚えた器用な箸使いで寿司を平らげていった。

「生の魚に抵抗はないのかい?」

「全然大丈夫よ。私の前世は日本人だったのかも知れない」

ナタリーは笑いながらそう言った。

11月17日、私たちは赤坂にあるアメリカ大使館に赴き、ナタリーは婚姻要件を有する旨記載された宣誓供述書に大使館員立会いの下、署名した。その書類と婚姻届を世田谷区役所に提出し、私たちは正式に夫婦となった。同時に国民健康保険への加入手続きを済ませたことは言うまでもない。これでナタリーへの日本の医療保険による治療が可能となったのだった。ウェストキャンプを出発してからちょうど1週間がたっていた。私たちはその足で野村編集長にナタリーを紹介するために、私が契約する出版社を訪ねた。西麻布の方に下る途中、道行く人の多くの視線がナタリーに注がれた。

「いやあ、写真で見るより圧倒的に美人だなあ」

野村は終始相好を崩しっぱなしだった。私は近々彼女を病院に連れて行くが、その結果次第ではしばらくの間仕事を減らしてもらいたい旨を野村に伝え、彼もそれを了承してくれた。

その夜は六本木にあるレストランで二人の結婚を祝った。ナタリーはワインを注文し、頬を紅潮させながら窓からの夜景を眺めていた。

「今、私が東京にいるなんて信じられない。なんてきれいな街なのかしら」

「ウェストキャンプが恋しいのではないかい」

「大丈夫。タカオがそばにいてくれるもの」

「でもこれから一人の時間が長くなるよ」

「病院のこと？　それとも家でのこと？」

私は恐らくはその前者になるのだろうと思ったが、いずれにしても彼女に孤独を味わわせたくはなかった。

「君をなるべく一人にはしないようにするよ」

私はそう答えるしかなかった。

「私も頑張って日本語を覚えるわ。それと料理も」

野村からもらった休暇はあと10日ほど残っていたが、休暇と言ってもあくまで契約カメラマンであり、休めばそれだけ収入が減るだけのことであった。それでも当面は宿泊を伴う取材を減らすよう頼んでみるつもりであった。そして、私は母にナタリーと結婚したことを伝えた。母は「結局また一つ、不幸を背負いこんでしまったようね」と落胆した様子を見せたが、一度会わせてほしいという言葉で私は少しばかり安堵した。彼女の闘病が長引くようであれば、実家への転居も想定していたのである。


風は、ややもすれば冬の到来を思わせるほどに冷たく、東京にもようやく紅葉の季節が訪れようとしていた。

三軒茶屋駅近くの皮膚科の待合室では数人の患者が診察の順番を待っていたが、やはり私たちの姿は奇異に映っているようだった。絶え間ない視線の襲来にナタリーは相当、戸惑っているようであったが、私はナタリーの気を紛らわすように「気にすることはないさ。僕だって同じような体験をソーガティーズのクリニックでしたことがある。ただ一つ違うのは、今、皆が見ているのは君が美しすぎるからだ」と少しおどけるように言ってきかせた。

　いきなり病院に行かず、近所の皮膚科を選んだのは、そこから信頼出来る病院を紹介してもらうつもりであったからだった。これはナタリーとの結婚を報告した時の多江からのアドバイスだった。

「いきなり病院に行って、そのまま入院することが決まれば、後からそこよりいい病院があることが分かっても、なかなか転院出来ないの。だからまずは、クリニックで診てもらって、適切な病院を紹介してもらう方がいいわ」

　多江は淡々とそれだけ言うと電話を切った。彼女には申し訳なかったが、今の私にはナタリーの病のことしか頭になく、この時は礼を言うのが精一杯であった。

　やがて、ナタリーの名が呼ばれ、私も彼女に付き添って診察室に入った。私は医師に手短かに事情を説明したにもかかわらず、その医師は彼女の指を診るなり、何故こんな状況になるまで放っておいたのかと私を責め立てた。そして怪訝そうに彼女の小さなタトゥを一瞥した後に言った。

「正直言って、厳しい状態である可能性が高い。今から紹介状を書くから一刻も早く、彼女を病院に連れて行きなさい」

医師は信頼出来る連携先だと言って、東京国際基督教病院皮膚科宛ての紹介状を書いてくれた。

私とナタリーはクリニックを出た。覚悟はしていたとはいえ、医師の言葉は私の心に重くのしかかった。風は一層冷たく、私たちは身を寄せるようにして家路を急いだ。

「何をドクターは怒っていたの？」

「何故、今まで放っておいたのかと言って怒っていたんだ」

私は正直に答えた。

「タカオ、私、やっぱりだめなのかな」

昨日までのハイテンションが嘘のように、この日のナタリーは終始打ち沈んでいた。医師の厳しい言葉がそれに追い打ちをかけたようだった。いずれにせよ、これから何が起きようとも毅然と対峙していくしかなかった。

「大丈夫だよ。君はきっとよくなる！　だって、今でも元気でいるじゃないか！」

　私はそう言って彼女の肩を強く抱いた。


　翌日、私たちは築地にある東京国際基督教病院に向かった。クリニックの医師は、皮膚科の専門医が揃っているうえに、そのうちの何人かは英語を話せる筈だと言って、この病院を紹介してくれたのだった。多江のアドバイスに感謝せずにはいられなかった。

　予約時間を少し過ぎた頃、私たちは診察室に呼び入れられた。国崎と名乗る医師は、クリニックからの紹介状と、私が持参した2年ほど前に撮った彼女の指の写真に目を通した後、ナタリーのひとさし指を見た。そして「精密検査のために直ちに入院してください」と言うまでに5分もかからなかった。

　国崎医師はこれまで見てきた症例に照らしてと前置きしながらも、「生体検査を行うまでもなく、メラノーマです」と断言した。そしてナタリーに英語で、いつ頃から爪の異常に気が付いていたのか、自覚症状はないかなどを尋ねていたが、結論は出来るだけ早く入院し、転移の状況などを詳しく調べる必要があるとのことだった。診察後、国崎医師は看護婦に直ちに空きベッドの状況などを調べさせ、翌日からの入院が瞬く間に決まったのであった。

「まず診た限り、原発巣の削除、つまりひとさし指の全摘は免れません。すでに爪周辺への色素の浸潤も相当進んでいるように見えるので、リンパ腺を介して転移が進んでいるかも知れません。まずは、他の部位への転移の有無を調べるために大至急、センチネルリンパ節生検、画像検査や心機能、肺機能、腎機能の検査を進めることにしますが、いずれにしてもあの指の状態で本人に自覚症状がないというのは、むしろ奇跡に近いと言ってもいいかも知れません。転移部位が少ないことを祈るばかりです」

国崎医師の説明は殆ど頭に入ってこなかった。

「分かりました」

分かってもいないのに私はそう答えるしかなかった。

ナタリーは不安そうに私たちの会話を聞いていたが、メラノーマという言葉を聞いて観念したようだった。

「やっぱり入院なのね」

彼女は力なくそう言った。

「とりあえず明日から検査だそうだ」

分かってはいたことだった。ただ彼女を見失っていた1年半という時間が、今後どのように影響してくるのかが恐ろしかった。翌日入院という言葉が、ことの重大さを改めて想起させたが、もはや運を天に任せるしかなかった。私はそばにいた看護婦に彼女の入院に必要な日用品や、下着類などの調達を頼んだ。マンションに戻り、彼女はお気に入りの音楽カセットや本などを私が用意したカバンに詰め込んでいたが、その目からは大粒の涙がこぼれていた。

「大丈夫だよ。きっといい結果が出る」

私は夜を込めて彼女を励まし続けた。

ナタリーは翌日入院した。主治医には英語が堪能な女医がついてくれた。病室に泊まることは出来なかったが、この病院は全室が保険適用の個室であったため、面会時間にも厳しい制限がないことが有難かった。検査は即日、始まったようだったが、総合的な判断はすべての検査が終わってから行うとのことだった。

「お母さんのように素敵な女医さんなの。話がとっても合うのよ」

これは私にとって何よりもの救いであった。見舞いには極力毎日行くつもりでいたのだが、生活のためにはそろそろ仕事を再開する必要があったからである。そして、思いがけなかったことは、多江がほぼ一日おきに見舞いにきてくれたことである。私は多江にナタリーの入院に関して助言をもらった礼を述べた際に、その入院先を伝えていたのだった。

「今、私は日勤の仕事しかしていないから。それに、ここから家はそう遠くないの」

私はナタリーに離婚歴があることは話していたが、多江はそれを隠し、私の妹として看病や身の回りの世話に当たってくれたのである。一時は多江との再婚まで視野に入れ、彼女もそのニュアンスを間違いなく受け入れつつあった最中に、私は再度彼女を裏切ってしまったのである。今はただ感謝するしかなかった。

こうして不思議な因果のなかで、ナタリーの闘病生活は始まったのであった。

私は少しずつ仕事を入れ始めた。日帰りかせいぜい1泊2日程度の仕事しかこなせなかったが、正直気がまぎれることが何よりもうれしかった。

すべての検査結果が明日出るので報告したいと、ナタリーを担当する川島初子医師から声をかけられたのは、彼女の入院から1週間たった日の夕方、私が見舞いを終え、ナースステーションの前を通り過ぎようとした時のことだった。

「出来れば、その場にはご主人お一人でお願いしたいのですが」

「分かりました」

川島医師は時間と場所を指定し、それでは明日、と言い、白衣を翻して病棟の奥へと消えていった。

彼女の態度からも、検査結果が決して好ましいものではないであろうことは容易に想像された。

まっすぐ家に戻る気にはなれなかった。私は新橋のガード下の仕事を終えたサラリーマンでごった返す居酒屋に入り、焼酎を呷った。ガード下の通路と店の間に敷居はなく、鶏や魚を焼く濛々たる煙の向こうに、行きかう人々の黒い影が亡霊のように見えた。

(そう言えば、ウェディングドレスも結婚指輪もまだだったな……)私が漠然とそう思ったとき、ハドソン川の畔にあった美しい教会が目に浮かんだ。そしてその光景にナタリーのウェディングドレス姿を重ねてみた。彼女を連れてきたことに後悔はなかったが、心のどこかで二人の生活の終焉がそう遠くないであろうことは常に考えていたことだった。私は店を出、雑踏の中をさまよい歩いた。今度は脳裏に、かつてナタリーを探し求めて入ったバーの光景が目に浮かんだ。罵声を浴びせかけられ、殴られた挙句に店から放り出された時に抱いた、やり場のない感情が蘇ってきた。それは一種の諦観にも似たぶつけるところのない哀しさだった。ナタリーを見出し、今、彼女がそばにありながらも、私は再びその時と同じような哀しみを覚えていたのである。

翌日の午前中は、あまり得意ではない商品撮影の仕事を六本木の出版社併設のスタジオで行った。読者向けの懸賞となる温泉関連の商品を並べての撮影だったのだが、野村がつけてくれたアシスタントの手際がよく、仕事は予定より早く終わった。急いで昼食を済ませ、私は築地の病院へと向かう途中、銀座で宝石店に立ち寄ることにした。そこで彼女の誕生石であるサファイアの指輪を、と思ったのだ。しかし彼女の指のサイズが分からなかった。後からでもサイズは変更出来ますとの店員の言葉を聞いたものの、そもそも今の彼女に指のことを持ち出すわけにはいかなかった。私は、そこで小さなサファイアが埋め込まれたネックレスを買い求めた。

川島医師との面談の時間は午後5時からであった。私はそれまでナタリーの病室で過ごした。

「これは結婚指輪の代わりだ。君が退院したら大きなサファイアの結婚指輪をプレゼントしよう。それと、君にもっとも似合うウェディングドレスを着せて、改めて結婚式をしなくてはね」

ナタリーは早速うれしそうにネックレスを首に巻いた。

「よく似合うよ」

「ありがとう、タカオ！　私、本当にうれしい」

「検査はどうだった？」

「いろいろと大変だったけど、タエが毎晩のように来て励ましてくれるの。言葉はあまり通じないけど、本当に優しい人。この病院の人たちも本当にみな親切で、私幸せだわ。タカオは心配しないで仕事をしてね。私は大丈夫だから」

ナタリーはそう言うと、またうれしそうにペンダントを手に取った。

ナタリーにはこれから川島医師に会うことは言わなかった。明日また寄るよと言って私は病室を出たが、5時まではまだ少し時間があったので、病院内の喫茶店でコーヒーを飲みながら時間が来るのを待った。

5時少し前に指定されたカンファレンスルームに行くと、すでにそこには川島医師や国崎医師をはじめとして、数人のスタッフがテーブルの前に着席していた。私は一瞬、その物々しい雰囲気に圧倒されそうになったが、気を取り直して彼らの前に用意された椅子に座った。

最初に口火を切ったのは国崎医師だった。

「今朝、検査結果が揃いました。結論から申し上げると非常に厳しい病状です。私たちはセンチネルリンパ節生検、超音波エコー、CTなどを駆使して検査を進めたのですが、残念ながらがん細胞はすでに全身のリンパ節へ転移しており、肝臓や肺への遠隔転移の兆候も見られました。つまり、ナタリーさんのひとさし指を原発とする腫瘍は、すでにリンパ腺を越えて血管にまで浸潤し、もはや全身への転移は時間の問題という状況にあると言わざるを得ません」

ついにその時が来た、これが真っ先に沸き起こった感情だった。そして、私が何を尋ねるべきかを逡巡している時、国崎医師はさらに続けた。

「もし、遠隔転移が見られなければ、原発となったひとさし指の切除と根治的リンパ節郭清《かくせい》を行い、その後抗がん剤や、インターフェロンの投与で転移を抑えるという治療法を選択することも出来たのですが、内臓への転移の兆候が認められた以上、もはやこの治療法は使えません。つまりナタリーさんのメラノーマはステージⅣということになります」

「ステージⅣとは……」

「大変申し上げにくいのですが、予後不良ということです。実はメラノーマに対する抗がん剤の効果は非常に低く、手術でがんを取り除くというのが、現在取られている唯一最善の治療法なのです。その手術で一時的にがん細胞を除去したり、インターフェロンで転移を遅らせることは可能ですが、はっきり言って、これらは鼬《いたち》ごっこのようなもので、転移そのものを制圧することは極めて困難なのです。結果的に患者さんの負担が増えるばかりですし、脳に転移すればもはや打つ手はありません」

まさにナタリーに対する死刑宣告にも等しい国崎医師の言葉を聞きながら、私は再び彼女を見失った1年半のことを漠然と思っていた。それを見透かしたかのように国崎医師は続けた。

「あなたから2年ほど前に撮ったという爪の写真を見せていただきましたが、あの時点であれば、ひとさし指の切除、最悪でもリンパ節の郭清までで済んだかも知れません。しかし、メラノーマの進行はある時点までは緩慢なのですが、原発がリンパ腺に到達すると一気に進むのです。そのタイミングが何時であったのかを推し量ることは出来ません」

ここでようやく、主治医である川島医師が口を開いた。

「二階堂さん、医師である私がこのようなことを申し上げるのは大変心苦しいのですが、この先、様々な症状が彼女を襲うことになります。そして、その多くは激しい痛みを伴います。それに先ほど国崎先生がおっしゃったように、抗がん剤を投与してもメラノーマには殆ど効き目がありません。ただ、不快で苦しい副作用に襲われるだけなのです。私はこの際、彼女を緩和ケア病棟に移し、残された人生を極力穏やかで有意義なものにして差し上げたいと思っているのです。それに……」

私は川島医師がここまで話して、急に口ごもったのを見逃さなかった。

「それに、何ですか？」

川島医師は、国崎医師と一瞬目を合わせたが、彼が頷くのを確認して次のように続けたのだった。

「ナタリーさんはすでにそれを望んでいるのです。彼女はあなたにどれだけ感謝してもしきれないと言っていました。そして、私は死ぬために日本に来たのだとも……」

私は明日にでも彼女と話し合ってみると言ってカンファレンスルームを出たが、激しく混乱していた。彼女の遠からぬ死を心のどこかで覚悟していたのは、むしろ自分の方ではなかったのか。何故、彼女は川島医師に死ぬために日本に来たと言ったのか。もしそれが本当だとしたら、彼女は何時からそう思い始めたのか、様々な想いが交錯する中、一刻も早く彼女の本意が知りたいと思ったが、その日は病室に戻る自信がなかった。どれだけ打ち消そうとしても、結局、自分は利用されただけではなかったのかという疑念を拭い去ることは出来なかったのである。

私が病院を出ようとしたとき、正面から多江が歩いてくる姿が目に入った。

十一

その夜、私と多江は銀座にあるレストランにいた。私の独りよがりともいうべき疑念が小さな怒りとなって、彼女に無理を言ったのかも知れなかったが、多江は何も言わず私に付き合ってくれた。

「正直、彼女が今何を考えているのか分からなくなった」

私はこの日あったすべてのことを多江に話した。

「急にすべてが空しくなってね」

「話が思うように出来ないのが残念だけど、彼女はとてもいい子よ。あなたが絆《ほだ》されただけのことはあるわ。でも、もし、あなたのことを利用しようと本気で思っていたのなら、何故、彼女は家を出たりしたのかしら。すぐにでも日本に来れば、助かったのかも知れないのに」

「僕はまだ彼女から家を飛び出した本当の理由や、失踪中どのような暮らしをしていたのか聞いてはいない。いや敢えて聞こうとしていなかった。しかし、この1年半の治療の遅れが彼女の命を奪うことが確実になった今、それを聞かなければならないと思っている」

「違うわ、そんなことより、あなたは彼女の愛を確かめたいだけよ。もちろん、その答えがどうであっても、あなたは最後まで彼女を見捨てることはしない。あなたはそういう人よ」

多江の毅然とした言葉に私は頷くしかなかった。

「それでも何のために彼女を日本に連れてきたんだろうとすら思えてきてね。でも、結局僕は何も出来なかったんだ……」

「あなたがしっかりしなくてどうするの？　覚悟を決めてこの最果ての国にまで来たナタリーの方がよほど大人よ」

久しぶりに聞く多江の力強い言葉で私はようやく冷静さを取り戻したのであった。

多江と別れ、その夜遅く、マンションに着くとイザベラから2通の手紙が届いていた。私とナタリー宛てだった。私宛ての手紙はナタリーと夫婦になったことに対する祝福と感謝の言葉が延々と綴られていた。もちろん、彼女の病状については知る由もなかった。

いずれ、イザベラには真実を伝えなければならなかったが、とにかく、緩和ケア病棟に本当に移る意思があるのか。ナタリーの気持ちを確認しなければならないと思った。

翌日、私はイザベラからの手紙をもって病院へ行った。彼女はその手紙を涙ぐみながら読んでいたが、やがて私の方を向いて静かに言うのだった。

「タカオ、私はあとどれくらい生きていられるのかしら」

「ナタリー、確かに君の病気は重い。昨日、川島先生から話を聞いたよ。君は日本に死にに来たと言ったそうだね」

「そうよ。それはウェストキャンプを発つ前から薄々分かっていたことよ。でも誤解しないでね。私は何時までもタカオと一緒にいたいと思っていたの。それはあなたの写真のアシスタントをしていた時からずっとよ。これだけは信じてほしいの。ティナにはずいぶんとやきもちを焼かれたけど」

ナタリーは小さく微笑んだ。

「川島先生は言っていたわ。あと1年早く来ていれば、あなたの命は助けられたかも知れなかったのにって……」

「僕もいつまでも君と一緒にいたい。少しでも長く生きていてほしいと思う。でも手術や抗がん剤の副作用で君が苦しむ姿は見たくないんだ」

これは私の本音だった。先のない命をわずかばかり延ばすために、塗炭の苦しみを味わわせるのは理不尽だと思った。

「もしあなたと出会うことがなかったら、私は間違いなく自らの命を絶っていたことでしょう。だって、誰も私を助けてはくれないことは分かっていたから。アメリカという国は私のような貧乏人の家族には冷たい国だった。今、この日本で私はタカオのお世話になりながら旅立っていける、それだけで幸せなの」

「では、川島先生の言う通り、がんの治療は止めて、緩和ケア病棟に移るということでいいんだね」

ナタリーは小さく頷いた。思えば実に冷徹な会話だった。しかし、私もナタリー自身もその余命がわずかであることを認知した以上、取り繕うべき言葉はもはや見当たらなかった。

彼女が家出さえしていなければ、助かったかも知れない命、彼女はそれを悔いてはいないのだろうか、あたかも諦観しきったような彼女の態度が私にはどうしても理解出来なかった。そしてそのことが、ただ私を利用しただけなのではなかったのかという、あらぬ疑念をもたらしたのも事実だった。しかし、彼女の真意を改めて聞いた今、もはやその理由を聞く必要はなかった。

しかし彼女は、いずれは話さなければならないことだったと言って、問わず語りを始めるのだった。

「私が何故、家出をしたのか。それは母との間にトラブルがあったから。パスポートの申請が生活保護を理由に却下されたことに対する怒りもあったわ。何故、こんな家庭になってしまったのかってね。後から考えれば、パスポート却下の件は私の知識不足だったのだけど、私はイザベラをどうしても許せなくなることを知ってしまったの。だから私は翌朝、学校に行くふりをして家を出たの。少しばかりイザベラを心配させてやろうと思って、友達の家に一日泊まらせてもらうつもりだった。だから次の日には戻るつもりだった」

「それが、何故一年半にもなってしまったんだい？」

「タカオは覚えている？　私がソーガティーズのコンビニエンスストアの前で若い

男たちに襲われそうになっていたことを。その時、あなたは捨て身で私を助けてくれた。思えばその時からあなたと私は……」

この時だった。ナタリーは突然話すのをやめ、何かを訴えるように大きく目を見開いたのだった。彼女の額からはみるみる脂汗が滲み出し、顔が苦痛で歪んでいった。

私は慌ててナースコールのボタンを押した。

「どうした？　大丈夫か？」

「お腹が……痛い……」

すぐに川島医師が看護婦を連れて現れたが、てきぱきと鎮静剤の投与を指示し、ナタリーに語り掛けた。

「大丈夫、すぐに痛みは治まるわ。もう少しだけ我慢してね」

ナタリーは辛うじて頷いた。

川島医師は彼女の目の結膜を確認すると言った。

「黄疸の兆候が見られます。おそらく肝臓への転移が原因です。腫瘍が大きくなり、肝被膜が伸ばされると、そこに痛みが生じるのです」

川島医師がナタリーの腕に鎮静剤の注射を打つと、すぐに彼女から苦悶の表情が消え、そのまま眠りについた。

「これから急速に体のあちこちから転移性のがん由来による痛みが出てくることになるでしょう。一刻も早く緩和ケア病棟に移して、彼女の苦痛を取り除いてあげなければなりません」

川島医師はナタリーの乱れた髪を整えながらそう言った。

「先ほどまで彼女といろいろと話をしていました。緩和ケア病棟への移転をお願いします」

私はそう言うしかなかった。

翌日、ナタリーは緩和ケア病棟に移った。主治医は喜多見という男性医師に代わったが、彼もまた英語が堪能であったことが私を大いに安心させた。そして、彼がまだ30歳代であったこともあってか、ナタリーは冗談を言い合うほどに彼に懐いていったようだった。

「今の私はとっても快適よ。食事もおいしいの。ただ残念なのはタカオに何も恩返しが出来ないこと。許してね」

ナタリーは涙ぐみながらそう言うのだった。

もっとも、ナタリーの病状はここ数日落ち着きを見せていた。痛み止めのモルヒネは定期的に投与されているようであったが、言うまでもなく、緩和ケア病棟では一切の積極的治療は行っていなかった。そのことがかえって病院特有の悲壮感を消し去り、病棟内はどこまでも平和な静けさに包まれていた。

ナタリーは徐々に痩せていったが、しばらくは静穏な日々が続いた。そして、一日くらいなら外出させてもよいと提案してきたのは喜多見医師の方からだった。

「少し、外の空気を吸わせてあげてください。それに彼女は日本に来てからまだどこも観光していないと不満を言っていましたよ」

「それでは鎌倉にでも連れて行くことにします」

私は母がナタリーに一度会いたいと言っていたのを思い出したのだった。

「彼女は東京ファンタジーランドに行きたいと言っていましたが、まあ、車椅子ではちょっとかわいそうかも知れないな。今の鎌倉はちょうど紅葉のシーズンかも知れませんね。是非連れて行ってあげてください。その際は、緊急時のための痛み止めをお渡しします」

私はこの時初めてナタリーの予後について、喜多見医師から詳しい話を聞いたのだった。

「二階堂さん、恐らくはこの後、骨や消化器官へも転移が進み、痛みが増してくると思います。もちろん、ここでは早め早めの処置で、徹底的に痛みは抑えるつもりですが、そう遠くない将来起こるであろう肺転移で胸水が溜まり始めると、呼吸困難を来すことになります。当病棟では原則的に患者さんに負担がかかる胸腔穿刺《せんし》、つまり針を刺して水を抜くというようなことは行いません。様々な薬を使って呼吸を楽にするか、意識レベルを下げて苦痛を減らすといった方法をとるつもりです。そして、この意識レベルを下げるという方法は、モルヒネによる鎮痛効果を見ながら採用することになりますが、場合によっては、つまりモルヒネの効果が認められないような状態になった時は、これによって患者さんの意識を完全に喪失させます。つまり……ある意味でその時が事実上のお別れとなります」

「その時期は何時頃になるのでしょうか？」

「これぱかりは神のみぞ知るとしか言いようがないのですが、これまでの私の経験から言わせていただくと、長くても3か月、脳転移が起これば、もっと早まるかも知れません」

「分かりました。覚悟しておきます。先生にはくれぐれも彼女が苦しまないようよろしくお願いします」

長くても3か月と言う言葉が重くのしかかってきた。しかし、今の私には彼女が安らかに旅立てる環境を用意することぐらいしか出来なかった。私は病室に向かった。

「体調はどうだい？」

「まあまあよ。昨日の晩もタエさんがお寿司をもって来てくれたわ」

多江は相変わらず、一日おきにナタリーのもとを訪ねてきてくれているようだったが、私はここしばらく顔を合わせてはいなかった。

「ワサビをたくさん入れて、全部たべちゃった」

「それはよかった。ところでナタリー、先生から一日外出の許可をもらった。車でどこかに行こう」

「うれしいわ!! ファンタジーランドに行きたい！ それに海も見たい！」

ナタリーは少女のように目を輝かせた。

「その話は喜多見先生から聞いたよ。さすがにアトラクションに乗るのは無理だろうけど、夜、電飾パレードを見ることは出来るだろう！ それまで僕があちこち案内するよ」

「ありがとう、タカオ。でも、私たち夫婦になって一緒に暮らしたのはたった4日だけだったのね」

このナタリーのさりげない言葉に、私のこれまで耐えていた何かが一気に瓦解していくのが分かった。これまで漠然として見えてこなかった「夫婦として」という言葉が、私から理性を失わせたのだった。

「ナタリー、頼むから生きてくれ！　死なないでくれ！　君は死ぬために日本に来たのではない！」

私はナタリーのやせ細った腕を頬に寄せながら泣き叫んだ。人生でこれほど泣いたことはなかった。

「タカオ、泣かないで。私だって死にたくはない。これからもずっとタカオと、この日本で楽しく暮らしていきたい。でももうすべてが遅いの。ああ、何であなたはこんな私と出会ってしまったのかしら。かわいそうなタカオ……」

病室の窓からは、アトランティック・シティで見たような暗鬱な雲が空を覆っているのが見えた。こんなことならせめて1か月、いやその半分でも三軒茶屋のマンションで二人だけの生活をしておくべきだった。今、私たちが唯一共有出来る場は、この小さな病室であり、そして間違いなくここが永遠の別れの場となる筈だった。

皮肉にも、来年からアメリカで低所得者家庭の19歳以下の子供に対する児童医療保険プログラムが導入される見通しとなったというニュースを聞いたのは、その日の夜のことだった。

十二

　この日、雲一つない快晴下、私はレンタカーを借り、ナタリーを乗せてまずは東京都内を気の向くままに走り回った。車窓からの景色をナタリーは興味深げに眺めていたが、早くあなたのお母さんに会ってみたいという彼女の言葉で、私は予定を早め、鎌倉に向かうことにした。平日ともあって渋滞はなく、1時間ほどで横浜横須賀道路の朝比奈インターを出、鎌倉霊園を越える山道に入った。

「タカオ！　なんて素敵な道なの!!」

　ナタリーは急カーブで体を左右に揺らしながら無邪気に喜んでいた。考えてみれば、このような急カーブを伴った山道を私自身、アメリカでは走ったことがなかった。車は霊園を越えると緩やかな下り坂となり、その後は山あいを縫うように鎌倉市の中心部まで道は続いている。実家のある浄明寺近くまでくると、紅葉はひときわ美しく、山肌を彩っていた。

「ウェストキャンプの紅葉とは全然違うわ。タカオ、お願いがあるの。これからも以前のように私の写真をたくさん撮ってほしいの」

考えてみれば、彼女とともに日本に帰ってきて以来、写真を撮ることなど思いもよらないことだった。

自らが日に日にやせ衰えていくことを知りながら、そう哀願するナタリーの胸の裡にはすでに壮絶な覚悟が備わっているに違いなかった。

「分かったよ。今度は日本の美しい景色を背景に、以前よりも魅力的に撮ってあげよう」

滑川の小さな橋を渡り、私は実家の前に車を停めた。

「これが僕の生まれた家だ」

2週間余りの入院生活で、すっかり脚力の弱ったナタリーを支えながら、門をくぐるとそこに着物姿の母が立っていた。

「おかえりなさい。孝夫、そしてようこそ、ナタリーさん」

ナタリーがぎこちなく頭を下げると、母は彼女の右手を取り、ゆっくりと玄関へと案内した。

「この方があなたのお嫁さんなのね」

彼女の左手には包帯が巻かれていたため、タトゥは見えなかったが、母にはそのことを告げてあった。私たちは洋間に通され、母は和菓子と抹茶でナタリーをもてなしてくれた。

緊張が幾分解けたのか、抹茶の苦さや和菓子の甘さにいちいち大仰に反応する彼女の姿を見て、母はすっかりナタリーが気に入ったようだった。

「こんなに若くていい子が何故……」

母はわずかに涙ぐんだように見えたが、すぐに気を取り直したように、「絶対に病気に負けてはだめよ。あなたは私の新しい娘なのだから」と言い、ナタリーを抱擁した。私が通訳すると彼女の目もたちまち潤んだ。

1時間ほど過ごすうちにナタリーはすっかり打ち解けたようで、別れ際には覚えたての日本語で「またお会いしたいです」と言い、母も別れ際に鶴岡八幡宮の御守をナタリーに手渡してくれた。私はナタリーを車に乗せると母のもとに引き返し、ナタリーを歓待してくれたことに礼を言った。

「あなたは優しい子。でも私には、その優しさゆえに、いつも幸せを逃しているように思えてならないの。とはいえ孝夫、彼女を最後までしっかり守ってあげるのよ」

母はそう言うと懐から1枚の小切手を取り出し、私に手渡した。

「彼女を一人残して、ろくに仕事も出来ないのでしょう。勘違いしないでよ。後からしっかり返してもらうから」

私は再度母に感謝し、車に戻った。昔と違い、今は金を借りなくとも済んだが、母の思いが有難かった。

「疲れていないかい？」

「私は大丈夫よ。素敵なお母様だわ。イザベラとは大違い」

彼女は笑った。

「これで僕たちは正真正銘の夫婦だ」

「今晩にでもイザベラに手紙を書くわ。それとティナにも。緊張が解けたらお腹がすいたわ」

「実は君に是非食べてもらいたいものがあるんだ」

私は車を鎌倉の中心部に向けて走らせ、鶴岡八幡宮近くの駐車場からトランクに積んであった車椅子にナタリーを乗せ、小町通りにある手打ち蕎麦屋に彼女を連れて行った。

「この店の蕎麦と天ぷらは最高なんだ、といっても君にはどちらも初めてだろうけど、きっと気に入ってくれると思うよ」

10坪あるかないかの小さな店だったが、ここは何時も混んでいた。頑固そうな店主とまるで栗鼠《りす》のように動き回る女将の二人で切り盛りしており、私は鎌倉を訪れるたびに必ずこの店に寄り、蕎麦を食べると何故かほっとするのだった。

「とてもいい匂いがする」

「ああ、天ぷらを揚げているごま油の匂いだよ」

やがて出てきた天ざる蕎麦をナタリーは珍しそうに見ていたが、すぐに女将が駆け寄り、身振り手振りで食べ方を教えてくれた。彼女に蕎麦の味を教えるのは少々酷とも思えたが、彼女は器用に蕎麦をつかみ、汁にどっぷりつけて食べ始めた。

「どうだい?」

「ウェストキャンプでタカオが作ってくれた焼きそばの方が断然おいしかったわ」

「あははは。では僕のいう通りに食べてごらん。蕎麦汁につけるのは半分くらいにして、一気に蕎麦を啜るんだ。大きな音を立ててね。それが本当の蕎麦の食べ方なんだよ」

「啜るって？　どうすればいいの？」

私は食べて見せたのだが、彼女は最後まで真似が出来ないようだった。

「何だか下品だわ」

彼女は声に出して笑った。ただし、店主自慢の海老の天ぷらは大いに気に入ったらしく、彼女に私の海老天を分け与える羽目となった。

このやりとりを奥から見ていたのか、店主はサービスですと言ってもう一本海老の天ぷらを揚げてくれた。彼女が元気なのが私は無性にうれしかった。そして、この平穏な時間が少なくともこの日一日は続いて欲しいと心から願った。

私は再びナタリーを車椅子に乗せ、小町通りを鶴岡八幡宮の方に向かって歩き始めた。

「さっき君が母からもらった御守、ここにいる神様のだよ」

「どういうふうにお祈りすればいいの？」

「二回お辞儀をして二回手を叩く、そして願い事を言ってもう一回お辞儀をすればいいんだ」

私は大鳥居の前まで来ると、彼女の車椅子を社殿の方に向けた。すると彼女は言われた通りに二礼二拍手し、しばらく目を閉じていたが、一礼すると晴れ晴れしい顔を私の方に向けたのだった。

「何をお願いしたのかは聞かないで」

こののち、私は海岸道路を江の島方面に走らせた。折しもやや西に傾きかけた陽の光が晩秋の海原を琥珀色に染めている。

「海を見るのは初めてよ。なんて美しいのかしら」

「太平洋というんだ」

「この海はニューヨークの海とつながっているの？」

「ああ。つながっていると言えばつながっている」

「タカオ、どこかで車を停めて。もっと近くで海が見たいの」

私は稲村ヶ崎の駐車場に車を停め、彼女を波打ち際まで連れて行った。

やせ細ったとはいえ、西日を背にした彼女のシルエットは、あまりにも神々しく、私は夢中でシャッターを切った。

「ナタリー、きれいだよ」

「ありがとう、タカオ。今、この海に祈ったの。どんなに離れることになっても、私たちの愛が永遠であるようにと……」

さすがに疲れたのか、東京に戻るまで、ナタリーはずっと眠ったままだった。

そして夜、ファンタジーランドで電飾パレードをうっとりとしたまなざしで見つめながら、彼女はぽつりと言った。

「死ぬことってひょっとすると美しいことかも知れない……」

「ナタリー！　そんなこと言うものではない！」

「だって、私、もうすぐ死んでしまうのよ！　そう思ったっていいじゃない！」

ナタリーはこの時初めて、私の前で取り乱した姿を見せたのだった。私はただ、泣きじゃくるナタリーを抱きしめることしか出来なかった。

「死にたくないよ……タカオ……」

「死なないでくれ！　ナタリー！」

12月も半ばとなり、六本木の街はすっかりクリスマスの装いを整え、行きかう人々の表情も師走の慌ただしさを、むしろ楽しむかのように晴れ晴れとして見えた。そのような中を私はスタジオでの商品撮影を終え、病院へと向かっていたのだが、前夜に見た悪夢のためか、気分が一向にさえなかった。それは実におぞましい夢であった。

ベッドの上に全裸で横たわるナタリーの表情は、もはや娼婦のそれに等しかった。挑発的な眼差しの先に立つ若い男は、耐えかねたようにナタリーに襲いかかり、そのまま重なり合った。私は、何とか二人を引き離そうとするのだが、背後にいた男から羽交い絞めにされ、そのまま眼前で繰り広げられる行為のすべてを見届けさせられる羽目となったのだった。その男は笑いながら言った。

「彼女が指の病気を治したいというものだから、手っ取り早く稼ぐ方法を教えてやったのさ。なあに、1年も働けば病院に行く金くらいは出来るってもんだ。おれの取り分を除いてもね」

「お前は誰だ！」私は叫んだ。

男は羽交い絞めにされている私の耳元で囁いた。

「誰だっていいじゃないか。お前には関係ないことさ」

しばらくするとナタリーは別の男と寝ていた。私はやめてくれと泣き叫んだ。

すると男の下になったままナタリーは、

「タカオには迷惑かけたくなかったの。指の治療代くらい自分で稼がなくてはね」

と言い、再び、恍惚の表情を見せながら男との行為に耽っていったのである。

「結婚の約束はどうしたんだ！　その指は日本で治すのではなかったのか！　何で僕を裏切ったんだ！」

「タカオ、次はあなたの番よ」

微笑みながら手招きするナタリーの指先は真っ赤な血で滲んでいた。

「だめだ！　ナタリー！　早く日本へ行こう！　ナタリー！」


ここで目が覚めた。夢とは思えぬほどのリアリティに私はしばらくの間、茫然と天井を見つめるしかなかった。実に後味の悪い夢だった。しかしながら、この時、こういった疑惑が潜在意識のどこかにあったのではないかという思いに至ったのも事実である。フレミング神父が言った「彼女は監禁されていた」という言葉や、ナタリー自身が途中まで語りかけた話が、私の脳裏で自然培養され、かくも悲観的な夢を作り上げたのかも知れなかった。

「どうしたの？」

「いや、昨晩見た夢のことを思い出していた」

「どんな夢？」

「この間君に聞いた話の続きさ」

「ああ、私が途中でやめてしまった話のことね。この続きの話をしなければならないわね」

「今は聞きたくない。いや永遠に聞く必要はない……」

「そうよね。ここから先の話をしたらタカオはきっと私のことを軽蔑するわ。でもね、いずれしなければならないと思っているの」

夢であったにもかかわらず、この日の私はナタリーに対して少々、不機嫌であったのかも知れない。ナタリーは敏感にそれを察したようだった。私は話題を切り替えることにした。

「もうすぐ新年だ。今、喜多見先生に君の一時退院のお願いをしているところなんだ。どこか行きたいところはあるかい？」

「三軒茶屋のマンションに戻りたい。だってそこが私たちの家ですもの」

「分かったよ。先生の許しが出たらそこでお正月料理を食べよう！」

「もし、可能だったら、あなたのお母様とタエさんもそこに呼んで欲しいわ。今度は私がおもてなしをしたいの。あ、それとノムラさんもね！」

ナタリーのこの提案に私は少々困惑したが、彼女の前向きな言葉がうれしかった。私は喜多見医師の許しが出れば皆を招待しようと言って病室を出た。ナタリーの乾いた咳が気になった。


「正直言って微妙と言わざるを得ません」

喜多見医師は、肺のレントゲン写真を見ながら考え込むように言った。

「すでに肺にはいくつかの転移巣が見られます。今のところ、彼女の呼吸には影響が出ていないようですが、軽い咳だけですんでいるのは、気管や気管支への転移が少ないからだと思われます。但し早晩、そこにも必ず腫瘍が出来ます。そうなると無気肺になり、一気に呼吸困難に陥ります。胸水が溜まれば、さらに状況は厳しくなると言わざるを得ません」

「呼吸困難を回避する方法はないのでしょうか」

「以前にもお話しした通り、緩和ケア病棟では手術もしませんし、胸水を抜くこともしません。薬で出来る限り、患者さんの苦痛を除くことを第一に考えていますが、呼吸困難がひどい場合は傾眠、つまり深い眠りを誘うことによって、苦痛を感じないようにするつもりです。但し、そのような状況に陥れば、もはや会話も出来ませんし、何よりも予後が短いことを意味します。ただ、予後の期間には、数日から月単位とかなりの幅があり、推定は難しいのです」

「ではお正月の一時退院は難しいのでしょうか」

「明日、もう一度レントゲンを撮ってその結果で判断しましょう」

十三

1997年元日。すべてはナタリーの望み通りとなった。母と多江がお節料理を持ち込み、ナタリーは唯一覚えた料理といって四苦八苦しながら、私が用意した材料でラザーニャを作った。母には多江が妹ということにしてあると伝えてあったが、片言の英語を交えて、女三人はダイニングルームで文字通り姦しいばかりにはしゃいでいたのだった。その様子が私には何よりもうれしかった。野村も途中から加わり、私たちは隣室で静かに酒を飲みはじめたのであったが、この時初めてナタリーの命がそう長くはないことを告げた。

「考えてみれば、俺が君に随分と身勝手な仕事を与えたばかりにこんなことになってしまったんだと、申し訳なく思っているよ」

野村はしみじみとそう言ったのであったが、私はそのことには後悔していないどころか、このアメリカ長期滞在を機に、私の写真家としての人生は大きく変わったことに深く感謝しているると言った。

「そう思ってくれているのなら有難いのだが。ともあれ、当面は仕事のことはあまり考えず、しっかりと彼女を看取ってやってくれ」

私は謝意を伝えると、私たちも仲間に加わりましょう、と野村を誘った。

その日、ナタリーと私は三軒茶屋のマンションで一夜を過ごした。すっかりやせ細ってしまったナタリーの体を撫でながら、私はこの2年半余りの月日を思っていた。ティナの紹介で初めて出会った日から、次第に年の差を超えた愛が芽生え、結婚の約束までしていながら、彼女は私の前から忽然と消えてしまった時の衝撃。そしてその一方で、彼女の病は取り返しのつかないところまで進んでいたのである。ナタリーは、何故あなたは私と出会ってしまったの、と他動的な表現で言ったのだったが、その言葉の裏には、不治の病に侵されてしまったという痛恨の思いと、そのような身を愛してしまった私に対する憐憫にも似た感情が入り混じっていたのかも知れない。数奇な運命ともいうべきか、結局、彼女は今、私のもとにあり、私の腕の中で眠っている。そしてわずか20年という短い命を終えようとしている彼女に今、私が出来ることは、安らかな最期を迎えさせることだけだった。恐らくは今夜がナタリーと過ごす最後の夜になるであろうと私は思った。朝を迎えるまで、私は一睡もすることなく、ナタリーの存在を全身で感じ取ろうとしていたのである。

1月7日、ついに恐れていたことが起こった。この日の見舞いを終え、私が病室を出ようとした時、突然の呼吸困難がナタリーを襲ったのだった。

「タカオ、苦しい……」

私がナースコールのボタンを押す前に、看護婦が注射器をもって駆けつけてきた。彼女に装着されたモニターで状況はすでに把握されていたのだった。

「ナタリーさん、すぐに楽にしてあげますからね。ゆっくり落ち着いて鼻から息を吐いてみてください」

私が英語でそれを伝えると、ナタリーは苦悶の表情をたたえたまま、かすかに頷いた。

「喜多見先生からあらかじめ出ていた指示で、これからモルヒネと弱い鎮静剤を追加投与します。呼吸中枢が苦しさを感じないようにする効果があるのです」

看護婦の早口の説明を頼もしく聞きながらも、私はナタリーの手を握るしかなかった。

やがて、彼女から苦悶の表情が消えたが、意識は朦朧としていくようだった。

「今日は喜多見先生がいらっしゃらないので、明日にでも改めてお話があると思います。ナタリーさんにはこのまま眠っていただきますので、しばらくは苦しさを感じることはないと思います。今日のところは夜勤の先生と私たちで、しっかりと見守らせていただきますが、何かあったらお電話いたします」

私は礼を言って病室を出た。何も知らず多江は今晩もやってくるかも知れないと思ったが、連絡の取りようがなかった。実は、この時まで疎遠になっていたとはいえ、彼女の夫の存在を意識して、自宅の電話番号を聞いたことがなかったからだ。連絡は稀にこちらから勤務先の病院に電話する以外は、何時も彼女の方からだった。

三軒茶屋のマンションに戻っても、何も手に付かず、私はひたすら飲むしかなかった。多江から電話があったのは午後10時を回った頃だった。

「よく眠っていたわ」

「やっぱり行ってくれたんだね。明日、主治医の話を聞くことになった」

「残念だけど覚悟した方がよさそうね」

「君には随分と世話になった。感謝するよ」

「ものすごく変な話だけど、あなたが愛した人だから結果的に私もナタリーを愛せたの」

私はこの時、多江がおかれている妻としての、女としての不幸を思った。医師である夫とはもはや形ばかりの夫婦と言っていた多江が、今また、別れた夫の新妻の看病をするという不条理を残酷なことだと知りながらも、私はその好意に甘えていたのだった。

「差し支えなかったら、君の自宅の電話番号を教えてくれないか」

「夫は滅多に家に戻らないから、何時電話してくれても大丈夫よ。しばらくは大変だと思うけど気を落とさず、しっかりと看取ってあげてね」

多江はそう言って電話を切った。

ナタリーの命が尽きようとしている今、私の心のどこかに安堵にも似た気持ちが芽生え始めたことは否定出来ない。過酷な思考ではあったが、もしそれが安らかな死に向かっているのであれば、もとより私が望んでいたことでもあったからである。多江が、私の妻であるナタリーを愛せると言ったその背景には、私自身が信じる愛の形が、弱き者に対する憐憫にも似ていることを、多江自身が知っているということがあったのではあるまいか。多江はたびたび「あなたはそういう人なのよ」と言った。事実、その通りであったのかも知れなかった。

明け方になってようやく微睡《まどろ》んだものの、結局殆ど眠ることも出来ないまま、朝を迎えたのだった。

今にも雪が降りそうな暗澹とした空を時々見上げながら、私は駅へと向かった。いずれこうなることは分かってはいたものの、ナタリーが物珍しそうに立ち並ぶ小さな店を覗いていたついひと月半前のことが、懐かしく脳裏に蘇ってくるのだった。今となっては襟を立てて行きかう人々の靴音が異様に響くだけの街だった。

病院のロビーはいつものように外来の患者でごった返していたが、エレベーターで緩和ケア病棟に上がると、そこは慌ただしさとは無縁の静寂に包まれた世界だった。私は恐る恐る病室に入ったのだが、そこにはハッハッと浅い呼吸をするナタリーと、彼女を見守る喜多見医師の姿があった。

「ナタリー、調子はどうだい？」

私の月並みな言葉に彼女は、軽く右手を挙げようとしただけだった。

「今、ちょうど鎮静剤を投与したところです。意識は朦朧とした状態ですので、さほど息苦しさは感じていない筈です。後ほどお声がけください」

そう言って喜多見医師は病室を出て行った。

ナタリーの息を吐く音を聞きながら、私は堂々巡りのように果たしてこれでよかったのだろうかと自問していた。むしろ、母国アメリカで最期を迎えさせる方法を考えた方がよかったのではなかったのかという思いがよぎることもあったが、そこには莫大な金がかかるであろうことも分かっていた。これが取り得た最善の策であると信じたかった。何よりも、彼女自身が日本で最期を迎える覚悟をもっていたことが、あまりにも切なく、私は自らの非力を恨むしかなかったのである。私はしばらくの間、ナタリーの腕をさすりながら時折話しかけてもみたのだが、彼女は無反応だった。多江が言った通り、死期は近いのだろう、彼女の額にキスをすると病室を出、私は喜多見医師のもとに向かった。

「残念ですが、脳と骨転移の可能性が出てきました。ここまでモルヒネの全身投与と、適度の鎮静剤投与でなんとか凌いできましたが、これから先は、深い鎮静で完全に患者さんの意識を喪失させることでしか痛みや諸症状を緩和することが出来ません。ご理解いただけますでしょうか」

「もとより覚悟していたことです。彼女が一番楽でいられる方法でお願いします」

私は冷静にそう答えた。

「二階堂さんに、このようなことをお聞きしていいものかとも思ったのですが……」

「どうぞ。何なりと」

「あなたは彼女を救うために結婚なさったのではないのですか？　ああ、この救うという意味には二つあります。文字通り命を救うという意味と、もう一つはまさに今のような医療を受けさせるためという……」

「もちろん病気のことが分かったのは、私が彼女に好意をもってからのことです。ただ、その後の時間の方が圧倒的に長かったのも事実です。ですから、ある意味で喜多見先生のおっしゃる通り、日本でこのような医療を受けさせるために結婚したというのもあながち嘘ではありません」

「そうでしたか……」

喜多見医師はここで大きなため息をつくと、再び私に語りかけてくるのだった。

「私は診察の合間に何回かナタリーさん、いや奥様とお話させていただいたのですが、彼女は日本のこの病院にいられることに心から感謝していました。そして、もちろんあなたに対しても。もしこの出会いがなかったら、私はとっくに自らの命を絶っていただろうとも言っていたのです」

私は喜多見医師の話を聞きながら結局、彼女から空白の期間の話の続きを聞くことはなかったが、もはやどうでもよいことだと改めて思った。

「実はこれは皮膚科の先生にもお話ししたのですが、私と彼女の間に、1年半のブランクがあったのです。つまり、それさえなければもっと早く日本で治療を受けさせて、命を救えることが出来たのではないかと、それだけが悔やまれてなりません」

「では、彼女の手の甲の入れ墨は……」

「そのブランクの間に、誰かに入れられたものだそうです。それが誰だかは聞いていませんが」

「あれは、一種のお守りだと私は思いました。あのサソリには、まさに指先の腫瘍がこれ以上広がらないようにという思いが込められているのではないかと……」

「だとすれば、あの先進国アメリカでの話とは到底思えません」

この日の喜多見医師は妙に饒舌だった。

「二階堂さん、この度のあなたの奥様に対する想いと行動に私は心打たれたのです」

「それはどういう意味ですか？」

「実は、私はかつて、アメリカのＨＭＯ傘下の病院で働いていたことがあるのです。ああ、ＨＭＯというのは日本でいえば保険会社のようなものです。ただ日本と違って、皆保険制度がないアメリカでは、保険会社の力が非常に強く、我々医師の治療に対してですら当然のように干渉してくることがしばしばありました。例えば、この程度の症状であれば、それ以上のことはしてはいけないといったガイドラインのようなものがあったのです。つまり徹底的なコストコントロールを目的とするものです。ですから、それは時として我々医師が学んできた所見とは大きく異なるものでした。しかし、私は患者さんのことを第一に考え、しばしばガイドラインを逸脱した診療を行いました。結果はクビです。逆に、ＨＭＯの診療方針に忠実な医師ほど、多額のボーナスをもらっていましたよ。アメリカの医療制度は悲惨です。保険に入っていても、契約内容に虚偽があったというだけで、あるいは救急で指定医療機関以外の病院で手当てを受けたというだけで、支払いがなされないということが当然のことのように行われているのです。ましてや、国民の30％は無保険、まさにあなたの奥様がそうでした。無保険者にとって重病に罹るということは、破産と死のどちらを選ぶかということにも等しいのです。皮肉なことに、今年になってようやく、低所得者層の18歳以下の子供に対して、公的保険が適用される法律が通ったと聞いています。ただ、実際にどこまで機能しているかどうかは分かりませんが、この制度があと2年早く出来ていれば、或いはあなたの奥様をそれで救うことが出来たのかも知れません。いずれにしても、彼女はあなたに会えたからこそ、ある意味で救われたのです。私はそれに感謝したいと言っているのです。二階堂さん、彼女の安らかな最期は私が保証します。あと2時間もすれば彼女の意識は戻るでしょう。しっかりと別れを告げてください。その後、彼女を苦しみから解放するために、これまでで最も深い傾眠状態にもっていきます。意識が戻ることはもうないでしょうが、それが彼女にとってベストな状態での最期となるでしょう。長々と話して申し訳ありませんでした。アメリカのひどい医療制度を見てきた私にとって、あなたが救世主のように思えたものですから」

私は何時しか喜多見医師の話を穏やかな気持ちで聞いていた。愛する人の死が避けられない運命であったとすれば、せめてその最期が安らかであるというだけでも、救いであった。

「先生のお話を聞いて私自身、救われたような気がします。彼女を助けることは出来ませんでしたが、私は彼女と出会えたことを後悔はしていません。そして先生がおっしゃってくださったように別れを告げようと思います」

私にはむしろこの喜多見医師こそ、救世主のように思えたのである。

私は病室に戻った。ナタリーは眠っているように見えたが、呼吸は相変わらず浅く、時折苦しそうに眉間に皺を寄せることもあった。看護婦が定期的に痰を吸引しに来てくれたが、ガラガラッという乾いた音を聞きながら、ナタリーはもはや滅びゆく一個の肉体に近づきつつあるのだと思った。そして私は残された最後の人格に触れるべく、じっとナタリーが目を覚ますのを待ち続けたのだった。

「タカオ……」

不覚にも居眠りをしていた私は、ナタリーのかすれた声で目を覚ました。

「気分はどうだい？」

「決していいとは言えないけど、悪くもないわ」

ナタリーは小さく笑った。

「夢を見ていたの。真夏のウェストキャンプの森の中でティナやレイモンドと遊んでいるの。そこにタカオが現れて、私とティナは先を争ってあなたのもとに走っていくのよ……。おかしいでしょう？」

「ちっともおかしくはないよ。ウェストキャンプに帰りたいよね。ティナやレイモンドにも会いたいだろうね」

「もちろん、帰りたいし会いたいわ。タカオ、お願いがあるの」

「言ってごらん」

「私が死んだら、私の髪の毛をウェストキャンプに送ってほしいの。日本での短い生活のことを書いた手紙も添えて」

「分かったよ。何も心配しないでいい」

「タカオ、本当にありがとう。あなたに出会えて私はどんなに幸せだったことか。もう死ぬことは怖くはないわ。タカオ、心から愛しています」

私はナタリーの手をとって泣くしかなかった。わずか20年の命の灯を消そうとしているナタリー、自らの運命を達観する妻を前にして、私は非力たる身を嘆くしかなかったのである。

「ナタリー、君と出会えて幸せだった。ありがとう私の愛する妻、ナタリー……」

しばらくすると喜多見医師が病室に入ってきた。

「これからナタリーさんに深い鎮静作用をもつ薬剤を投与します。恐らくもう二度と目を覚ますことはないでしょう。でも、ナタリーさんは痛みや苦しみを感じることはなくなります。二階堂さん、十分にお話出来ましたか?」

「ありがとうございました。あとは運命に任せます。ナタリー、もう何も心配せずゆっくりとお休み。僕と出会ってくれて本当にありがとう」

「ありがとうタカオ……。タエさんを……」

ナタリーの声は次第に小さくなり、その先何を言おうとしていたのかは聞き取ることが出来なかった。

これが私たちの最後の会話となった。

そして私はナタリーに向け、最後のシャッターを切った。

1997年1月15日の早朝、ナタリーはその短い生涯を終えた。イザベラには電話でその死を伝えた。

小雪が降る中、母と多江と私は、かつてフレミング神父が司祭を務めていた教会で三人だけのささやかな葬儀を終え、ナタリーの遺骨を抱いて私は多江とともに三軒茶屋のマンションに戻った。

「君には随分と迷惑をかけた。礼を言うよ」

「ナタリーは私があなたの妻であったことをすぐに察知していたわ。だから私もそれを否定しなかった。かといって、彼女はそれに嫉妬するわけでもなく、むしろ自分の死後を託すようなことを言っていた。私、英語が得意ではなかったけど、その想いはストレートに伝わってきたわ」

多江はそう言うと一通の手紙を差し出した。

「実はこれ、ナタリーから預かっていたの。自分が死んだ後に孝夫に渡してと託されていたのよ」

私がそれを受け取り、封を切ろうとすると多江はそれを制した。

「私が帰った後に一人で読んで」

多江はそう言って帰っていった。

十四

「愛するタカオへ」

心の底からありがとう。どんなに感謝してもしきれません。今、私はとても安らかな想いでこの手紙を書いています。タカオと過ごしたほんのわずかな月日が今の私にとっての最大の宝物です。ウェストキャンプでのスリリングな日々、そしてはるか日本という国に来て、あなたを取り巻く素晴らしい人々との出会い、私は本当に幸せでした。決して長い人生ではなかったけど、こればっかりは運命であったと諦めるしかありません。

私はタカオの前から消えた1年半について、まだ全部を話してはいませんでしたね。とても辛いことだけど、やはり本当のことを話しておかなければと思い、この手紙を書き始めました。私が家を出て、男にさらわれたところまで話したのだったわね。

私はイザベラへの復讐心からほんの数日、友人の家で過ごして帰るつもりだった。

でも、あの時の三人の男のなかの一人に再び捕まったの。彼は私をウェストキャンプからは遠く離れたユティカという町に連れて行った。そして、そこではあの時の男二人が待っていた。そう、タカオが心配すると思って言わなかったけれど、私はあの時以来、時々あの男たちを見かけていたの。それからしばらくの間、私は殆ど監禁された生活を送るようになったの。もちろん、何度も逃げようとしたけど、すぐに連れ戻されてしまったわ。泣いて婚約者がいること、指の病気があることを訴えても、誰も真剣に聞いてはくれなかった。挙句の果てには私の手の甲にサソリの入れ墨まで入れられてしまったの……。指の病気へのお守りだといって。

辛い話だけど、これはどうしても告白しなければならない。私は彼らにレイプされたばかりでなく、全く知らない男からも弄ばれたの。そう、彼らは私を使ってお金を稼いでいたのよ。そして7月に入り、誰かがきっと助けにきてくれるという一縷《いちる》の望みも消え、もうタカオはこの国にいないと思った時、私はすべてを諦めたの。もう逃げる気力すら失っていた。ましてや、タカオのいないウェストキャンプには戻りたくはなかった。男たちはそういう私の気持ちを見透かしてか、彼らの一人が勤めるバーで私を働かせるようにまでなったの。時折、客の夜の相手もさせられた。私は何度も死のうと思った。タカオとは二度と会えないと思ったから。でも結局死ねなかった。

そうそう、もう一つ大事なことを言い忘れていた。そもそも何故私が家を出たかということ。イザベラはあなたにちょっとした言い争いが原因でと言っていたようだけど、実は彼女には、あなたにはどうしても言えない大きな秘密があったの。私が家を飛び出した本当の理由、それはイザベラが同性愛者であることを目撃してしまったからなの。同じスクールバスのドライバーだったスーザンという女性とイザベラが同じベッドで寝ているのを見た時の衝撃は大きかった。私は頭が真っ白になって翌朝、学校に行くふりをして、家を飛び出したの。今思えば、イザベラがレズビアンであったということの方が父との離婚の大きな原因だったのかも知れない。だからイザベラは反論出来なかったし、神父にもタカオにも、そのことは言えなかったのだと思う。三人の男が拉致監禁、麻薬販売などの罪で逮捕され、1年数か月ぶりにウェストキャンプに戻った時、私の指先はすでに真っ黒だったわ。イザベラは泣いて私に謝った。でも、私の怒りはとうに消えていた。私は母を許したの。それよりウェストキャンプに戻れて、ティナやレイモンドに再会出来たことが何よりもうれしかった。でも、もう二度とタカオに会うことは出来ないと思っていた。

そのタカオが私を迎えに来ると聞いたときは奇跡が起きたとすら思ったわ。フレミング神父は私のよき理解者だった。私は何もかも神父に話したの。そしてイザベラのこともすべて許そうと思えたのも、多分神父がそこにいたお陰であったのかも知れない。でも、自分自身が犯した罪はどうしても拭い去ることは出来なかった。汚れた体をもとに戻すことは到底無理だと思ったから。それでも神父はあなたに罪はないと言ってくださった。そして、こうも言ってくださったわ。「あなたがタカオに会う前に私が彼にそのすべてを話しましょう。それでも彼があなたを許すと言った時、私は彼にあなたを迎えに行かせます」と。そしてあなたは何も聞くことなく、私を受け入れてくれた。あの時どんなにうれしかったことか。考えてみればひどい人生であったのかも知れない。でも、私は最後にあなたとともにいられたことをこの上なく幸せに思っています。タカオ、本当にありがとう。心から愛しています。お願いだから私を嫌いにならないでね。そして、私が死んだら、タエさんを幸せにしてあげてね。私、決して嫉妬しないから。あなたは誰からも愛される人、あなたはそういう人よ。私が独り占めすることなんて出来ない。

今、喜多見先生が痛み止めの薬を打ってくれたわ。何を書いているのと聞かれたのでタカオへのラブレターと答えたら、「ゴチソウサマ」ですって。それどういう意味？　ご飯食べてもいないのに。明日もいい天気かしら。私、この病室の窓からの景色がとても気に入っているのよ。少し眠くなってきたわ。今日はこれでおしまい。お休みなさい。愛するタカオへ。

私は何度も読み返した。これだけ長い手紙を一体、何日かけて書いたというのだろう。誤字脱字だらけではあったが、文字通り最後の力を振り絞って書き綴ったのだろうと思った。もう涙は出なかった。アメリカの恥部を一身に背負ったようなナタリーの短い人生は、試練というにはあまりも過酷であり、克ち得たものが自らの死でしかなかったのだとすれば、その不条理をどこにぶつければよいのか。あの空白の1年数か月の間に起きた、決して思い出したくはなかったであろう凄惨な事実を彼女は淡々と書き綴り、しかも、三人の男たちをはじめ、彼女の人生に関わったすべての罪深き人々を許すに至ったナタリーの心境を想う時、私の胸は張り裂けそうになる。そして、何よりもナタリーを拉致し、彼女の病を手遅れの状態となるまで放置し続けたのは、私とナタリーが結ばれるきっかけともなったあの暴漢たちであったことに私は運命の皮肉を感じざるを得なかったのである。何故もっと早く、その話を聞いて慰めてやれなかったのかという思いと、最後まで聞くことに躊躇していた臆病さに今更ながら激しい自己嫌悪に陥るのであった。

葬儀から数日が過ぎ、私は一掴みのナタリーの栗色の髪の毛と遺灰を小さなカプセルに入れ、在りし日のナタリーの写真を手紙に添えて、イザベラのもとへ送った。そして、彼女の遺灰を収めた小さなガラス瓶を鞄に入れ、私は車を北へと走らせた。

「この海はニューヨークの海ともつながっているの?」在りし日のナタリーが稲村ヶ崎でつぶやいた言葉を思い出しながら。ただ、少しでも彼女の故郷に近い海で散灰したいという思いに駆られて……。

エピローグ

「こんなに暑かったかなあ。ここは避暑地でもある筈なのだが……」

私は汗をぬぐいながら空を仰いだ。

「これも地球温暖化のせいかも知れないわね」

妻も聞いていた話とは違うと、少しばかり不満げである。

「ただ、景色は昔とちっとも変わっていない」

「日本の軽井沢にちょっと似た雰囲気だわね」

私たちはこんな会話をしながら、ウッドストックのメインストリートをとあるギャラリーに向かって歩いていた。

「1969年に開催された、ウッドストックフェスティバルの会場はどこにあったのかしら」

私は妻の口から何時この質問が出るのかを楽しみにしていたのだが、私自身、その答えを知ったのはつい数日前のことであった。

「実は僕も知らなかったのだが、フェスティバルはここでは開かれず、ここから少し離れたベゼルという町で開かれたらしい。でも40万人近くのヒッピーや若者が訪れて、トイレや食べ物の問題で大変だったそうだよ。全部、ウィキペディアの受け売りだけどね」

「そうねえ、あの頃の反戦ブームには、ロックとヒッピーとマリファナがセットだったわよねえ。まさに史上最大のコンサート。これも受け売りだけど」

「あとはフリーセックスもね」

私と妻は声を上げて笑い合った。

私たちはマンハッタンから長距離バスでキングストンに到着するや、そこでレンタカーを借り、ウッドストックまでやって来たのだった。あれから四半世紀近くの時が流れたにもかかわらず、その時に見た森も家々もそこにあり、一見、何一つ変わっていないようにさえ思えたが、やはり道路沿いに軒を連ねる店の様子は大きく変貌していた。

２０１７年8月、国際風景写真家協会の日本支部代表を務め、全米風景写真芸術協会の名誉会員でもあった私は、ウッドストック在住のメンバーを頼りに、写真展の開催を打診し、ようやく、その段取りが整ったことから、多江を連れての渡米が実現したのだった。実に二十数年ぶりのニューヨークであった。

展示する写真は、まさに当時の取材活動で撮りためた作品の中から、特に選りすぐった50点であったが、そのうち10点ほどはナタリーの姿を取り込んだものであった。

ウッドストックは昔から芸術家の街としても知られている。従って、世界中から自称他称を問わず、大勢の芸術家たちが集まり、様々な活動を行っていることもあってか、小さなギャラリーがいくつも点在していた。私の個展も、その中の一つで行われることになっていたのだが、そのオーナーが今回のすべての準備を取り仕切ってくれたウンベルトというイタリア系アメリカ人の写真家であった。目指すギャラリーはメインストリートを少し入った閑静な森の中にあった。

「ようこそ！　タカオサン！！！」

ウンベルトは多江への濃厚かつ過剰な挨拶を終えると、私たちをギャラリー内に招き入れた。彼とは初対面ではあったが、すでにスカイプやメールなどでやりとりを重ねていたことから、まるで旧友に再会したような雰囲気のまま、私たちは早速指示通りに並べられた作品を見て回った。

「我々、デジタル世代にとってフィルム写真、特にコダクローム64の世界はまた格別です。触ったら手に色が移ってしまうようだ」

「感度の低さがネックで、ずいぶんとブレた写真を撮ってしまいましたが、ここにある作品は奇跡的にそれを免れたものばかりです」

私の冗談が通じたようで、ウンベルトは声を上げて笑ったが、ナタリーのことは予めメールで伝えてあったためか、多江の前では一切言及しなかったのが、かえって不自然なほどであった。

「パーフェクトです！　ここまでの準備に感謝します」

私は予想以上に緻密な準備に満足し、礼を言った。

「奥でささやかな前夜祭をやる準備が整っています。奥様もご一緒にどうぞ」

どうやらギャラリーの裏がそのまま自宅になっているようで、そこにはすでに20人ほどの「芸術家」たちが集まっていた。イギリス、フランス、ドイツ、イスラエル、オランダ、インド、日本といった様々な国籍を有する芸術家たちは、異口同音に私の写真に評価をくれたのだが、やはり彼らの興味の中心は、美しい風景の中に溶け込むように佇むナタリーの憂いを帯びた姿にあったようだった。

「残念ながら、彼女はもうこの世にはいません。本当に美しい女性でした」

事情を知らないとはいえ、芸術家たちは多江に遠慮して多くを語らなかったが、アイルランド人の自称抽象画家が小声で、「彼女の眼は間違いなくあなたにぞっこんだ」と言った。

「いずれにしても、もう遠い昔のことです」と私はお茶を濁し、身振り手振りで必死にコミュニケーションを取ろうとしている多江のサポートに入った。

「皆さん、私の愛する妻を誘惑したら許しませんよ」

多江はすでに55歳、私も来年還暦という年回りであったが、日本人がとかく若く見られるという点では、今も昔も変わらなかった。その夜遅くまで私たちは多国籍の芸術家たちとのパーティを楽しんだ。日本から来たレイコという娘ほどの年齢の書家が、多江と意気投合したことで私の負担はやや軽くなった。

翌日から4日間の日程で写真展は始まった。タイトルは「New York to New York」。

四季折々の美しい風景写真と、その中にあたかも妖精のように佇むナタリーの姿は少なからず訪れた人々の心を打ったようであった。もとより、収益を得るための写真展ではなかった。かつてナタリーと出会い、短い期間ではあったが、彼女とのかけがえのない時間を過ごしたこの地で、また私の写真家としての確固たる地位を得る契機ともなったこの地で、写真展を開催するのが私の長年の夢であり、また、これを機に彼女を永遠の記憶の中に閉じ込めてしまいたいとの思いもあったのである。であるから、そこには多江にもいて欲しかったのだ。

思えば、彼女の指のことを初めて知ったのもこのウッドストックであった。小さなラーメンショップで食事を終えた直後、めまいがすると言って私の胸に飛び込んできた時、初めて私にその指を見せたのだった。

「私、死ぬかも知れない」

彼女は真顔でそう言った。この瞬間から私の人生は、ナタリーの存在を介して大きく変わっていったのである。生きていれば今年41歳になる筈だった。あの時のラーメンショップを探しては見たが、どこにも見当たらなかった。

今こうして多江のそばに居ながら、ナタリーを偲ぶことに多少の罪悪感もあったが、何よりも、多江自身がナタリーを愛してくれていたことが私にとっての救いだった。

　ギャラリーを訪れる客の殆どが、ウッドストックに住む芸術家たちであり、彼らはとても熱心に私の作品について尋ねてきた。私は自らの信念ともいえる「あるがままの姿を切り取ること」の意味を、かなり忘れかけた英語を駆使して力説したのだが、このような写真が日本では決してメジャーではないと言うと皆、異口同音に驚きの言葉を発するのであった。特に、前夜祭の席で声をかけてきたディアマットというアイルランド人の心象画家は、

「僕は感受したまま筆を動かす。つまり心のセンサーを使って作品化を試みているんだ。絵は自らの心を表現する一つの手段に過ぎないが、私にとってはそれが唯一無二の存在なんだ。だから殆どの人には理解してもらえないのだがね。でも写真は違う。写真がなかなか芸術の域に入ってこられないのも、対象があくまでもリアリティに起因するものだからなんだ。僕に言わせれば、写真には前衛的な試みは似合わない。だから写真は文字通り、写実的であるべきであり、ひたすら美しくあるべきものだと思う。あなたの写真の中に登場する風景や少女を醜いと思うものは誰もいないだろう」

　アイルランド訛りの強い英語であったが、彼は写真に対する意外なほど保守的な考

えを私に語ってきたのだった。

「日本では醜いものをより醜く見せることで、それがあたかも芸術的だといった自虐的な風潮があるのです。確かにそれも表現の一つであるのでしょうが、私は、やはりナショナルジオグラフィックのような真実を正しく伝える写真を撮りたい」

「その通り！　しかし写真の中の少女は本当に美しい！　写真展が終わったら１枚譲ってくれないか」

「もちろん！　喜んで差し上げますよ」

私がそう言うと彼はうれしそうにウィンクをして去っていった。

何よりも、表現の世界ではほぼ対極にいる彼が、私の写真を理解してくれたことがうれしかった。そしてナタリーの美しさを絶賛してくれたことも。

私が終日、来訪客に対応している間、多江はレイコの案内で、ウッドストックの街ばかりか、私が借りていたレンタカーを使って周辺の景勝地にまで足を延ばしているようだった。

「レイコさん、元看護師だって分かったのよ。だから話がとても合うの。今日はウィンダムというところまで連れて行ってくれたの。孝夫が言った通りだわ。日本だったらとっくに観光地になっているような素晴らしい景色が、当たり前のように広がっているの。今日行ったレイコさんの知り合いの家なんて、見えている景色３６０度すべてがその家の敷地で、ほぼ自給自足の生活をしているんですって！　本当に驚きの連続だわ」

多江は興奮ぎみに語っていたが、翌日もレイコとハンターマウンテンに行ってくると言い、嬉々として出ていった。私は彼女を連れてきたことに心から満足していたが、私が住んでいた、すなわちナタリーと出会ったウェストキャンプにはまだ連れて行ってはいなかった。

写真展も最終日となり、私は時折訪れる客の応対をしながら、来年、ウンベルトが日本で開催予定の写真展についての打ち合わせを行っていた。

今度は私が彼の写真展をプロデュースするのである。彼の作品はモノクロベースで、私と同様、風景写真が中心であったが、色を消すことで自然の持つ元来の造形美を引き出すという点で、私の表現手法とは異なっていた。しかしながら、彼が見せてくれた何点かの写真はいずれも息をのむばかりの迫力があった。

「必ず成功させてみせますよ！　ご心配なく！」

「ああ、日本に行くのが楽しみです。特にたくさんの日本女性に会えるのがね」

ウンベルトは好色そうな目を輝かせながらそう言ったのだが、突如、彼の視線が一点に留まると、いきなり私に向かって叫んだのである。

「オーマイゴッド！　タカオさん、私は夢を見ているのかも知れない。信じられないことだが、あなたの写真の中からあの美しい女性が抜け出してきている！」

私はしばらくの間、彼の言うことが理解出来なかった。だが、彼の視線の先を見て愕然としたのであった。そこにいたのは紛れもなくナタリーに生き写しの女性であったからである。私の脳裏を二十数年前の様々な出来事が走馬灯のように駆け巡り、ナタリーのしなやかな肢体の記憶までもが生々しく蘇ってきた。彼女はハンカチで目をぬぐいながら、東洋系の男性とともに、私の写真の一枚一枚に見入っていたのだが、その姿は、どう見てもナタリーその人であり、親しげに寄り添う様は、まさに往年のナタリーと私を髣髴《ほうふつ》とさせるものであったのである。私の混乱はますますひどいものになっていた。動揺する私にウンベルトが何かを言ったようだったが、もはや何も耳に入らなかった。（何故、ナタリーがここに？　ひょっとして私は長い夢を見ていたのではないか？？）

そして彼女は私と目が合うや、顔をくしゃくしゃにして駆け寄ってきたのであった。

「タカオ!! 私を覚えている？」

「君は？……」

「ティナ、私はティナよ！」

「ティナ？ 君はティナなの？」

私は瞬間的にあふれ出る涙をぬぐうことも忘れ、力いっぱい彼女を抱きしめていた。

「ああ、ティナ、元気でいたんだね！」

私はしばらくの間、次の言葉が出なかった。抱きしめたティナの体にナタリーの懐かしい感触を求めていたのかも知れない。この時ばかりは、多江がこの場にいないことに感謝するのだった。

「ああ、ティナ、僕は君の大事な姉さんを守ることが出来なかった。本当にすまない!! それにしても、あまりにもそっくりなので、彼女が生き返ったのかと思ったよ」

「当たり前だわ、姉妹ですもの。ナタリーの素晴らしい写真をありがとう。懐かしくて涙が止まらなかったの。そしてあなたがナタリーにしてくれたことすべてに心から感謝しているわ。彼女は日本から2回手紙をくれたの。感謝の言葉で溢れていた、そして決して幸せな人生ではなかったけど、タカオに逢えたお陰で救われたとも書いてあった。本当にありがとう」

かつてナタリーがそうしていたように、ウェーブのかかった栗色の髪の毛を長く伸ばしたティナは、すでに30歳を超えている筈であったが、私の記憶の回路は、もはやティナを往時のナタリーそのものに仕上げていた。

「イザベラやレイモンドは？　ああ、その前にそこに立っている立派な紳士を紹介してもらわなくてはね」

「タクヤ、私の夫よ。タカオをナタリーに取られたときから、私は絶対に日本人と結婚すると心に決めていたの」

ティナは少々得意げにその夫を紹介した。

「その拓也といいます。あなたのことは、耳にタコが出来るほど聞かされていました。今、キングストンにあるコンピューターの会社に日本から出向しています」

幸せそうに夫を見上げるティナの表情を見て、再び私の目は涙で曇った。

「彼女は会社の近くのピザ店で働くウェイトレスだったのですが、私が訪れるたびに他のスタッフを押しのけて給仕してくれるようになったのです。あはは。その後は殆どその勢いで、強引に結婚させられたようなものですが、素晴らしい女性と巡り合えたと思っています」

拓也は穏やかな視線をティナに向けながら自己紹介を終えた。

「イザベラは今でもスクールバスのドライバーをやっているけど、今はソーガティーズのアパートで一人暮らし。レイモンドは今頃ニューヨーク州のどこかで、道路工事の監督をやっていて顔じゅう真っ黒になっている筈よ」

その夜、ウンベルトが近隣の芸術家を集めて開いてくれたフェアウェルパーティを中座し、私と多江は宿泊中のホテルに隣接するレストランにティナ夫婦を招いた。多江もティナがナタリーと瓜二つであったことに驚いたことは言うまでもない。

「ナタリーはタエのことも書いていたわ……。あなたの最初のワイフだった方ね。ナタリーは言っていたわ、とてもやさしく接してくれたって。そして私が死んだらあの二人にはよりを戻してほしいと……」

「そして、その通りになったよ」

私は多江の顔を見ながらそう言った。

「ナタリーが生きていれば、ティナさんのようにさぞやエレガントな女性になっていたでしょうに。でも、私がここにいることはなかったでしょうけどね」

そう言う多江の言葉から、皮肉や嫉妬は全く感じられなかった。

「多江は本当に献身的にナタリーの面倒を見てくれたんだ。私は明日、多江を連れてウェストキャンプに行こうと思う。多江にもナタリーが住んでいた家を見せてやりたいんだ」

「今はもう誰も棲んでいないわ。もともとあそこは借家だったの。私とレイモンドが働くようになってからは生活保護も受けられなくなって、私たちはソーガティーズに移ったの。最初は三人で暮らしていたけど、今はバラバラよ」

イザベラはこの席にはいなかった。私の申し出をティナが即座に断ったからである。

「タカオは知っているでしょう。ナタリーが家出した理由を。彼女はウェストキャンプに戻ってきてからも、私とレイモンドに家出の理由も、そこで何が起こったのかも話さなかった。もっとも、二人はまだそれが理解出来る歳でもなかったから。イザベラはタカオがナタリーを迎えに来た時、何故そのことを言えなかったのかとずっと後悔していたわ。そしてナタリーの死を知った時、彼女は殆ど半狂乱になっていた。今、タカオに会ったらまた同じことが起こると思うの。それに……」

「それに?……」

「彼女の性癖は今も変わっていないの」

私たちは時がたつのも忘れて、店の主から閉店の声がかかるまで語り合った。

「3年後、ティナと一緒に日本に戻ります。それと……」

タクヤはティナのお腹をさすりながら言った。

「来年の2月に生まれる予定なの。女の子よ。そう、彼女の人生の舞台は日本になるのよ!」

私と多江は新しい命の誕生を祝福し、日本での再会を約束して別れた。

レストランを出て、しばらくの間私たちは夜風にあたっていた。

「若いって素晴らしいことね。きっとかわいい子が生まれるわ。なんと気持ちのいい夜なんでしょう。ティナに会えてよかったわね」

「考えてみれば、あの頃はメールはおろか、携帯電話すらなかった。たった20年ちょっとでこうも世の中は変わってしまうものなんだな」

多江と私はしばらくの間、全くかみ合わない会話を続けていた。

翌朝、私はウンベルトとともに写真展の後片付けを始めたのだが、多江はレイコと打ち合わせがあると言って出て行った。この数日の間に多江とレイコはかなり親密になったようで、どうも密やかに何事かを企んでいるようでもあったのだが、私は特段気にかけてはいなかった。

すべての片付けを終え、ウンベルトに別れを告げて、ウッドストックを後にしたのは夕方近くになってからであった。州道212号線を東へ向けて走り出すと、次々に懐かしい景色が飛び込んでくる。

「ああ、やはり何も変わっていない。あそこに見える自動車修理工場も昔のままだ」

「しかし不思議な旅だったわ」

多江が感慨深げにそう言うのを聞きながら、私自身も同様の感慨に耽っていた。

「結局はあなたの前妻の足跡を辿る旅だったということでしょう。そこに私が同行していたなんて、誰も信じないいんじゃないかしら」

「全くだ。考えてみれば今回に限らず、自分勝手な人生だったと反省しているよ。しかし、君と一緒に巡ることで、ナタリーの記憶を完結させたいと思ったんだ」

「相変わらず自分勝手ね」

多江のいう通りだった。私は彼女の人生を翻弄させ続けたのだから。

「君にもずいぶんと迷惑をかけた。売れない写真家だった時、私はただただ君を不幸にしたくないという一心で、別れたいと言った。当時は将来に展望をもつことなんて出来なかったし、何よりも、君にもっと楽に生きて欲しいと思ったからだ。でも、結果的にそのことが君をさらに不幸にしてしまった。そして私はこのニューヨークに来て、ナタリーと出会い、結婚した。しかし、その結婚も結果的には、彼女を不幸にしたくなかったがためのものであったのかも知れない。確かに僕は君と同じようにナタリーを愛していたよ。ただ、その愛の形は多分に彼女を取り巻く不幸に根差していたものであったかも知れない」

「あなたの考える愛の形って、ちょっと普通の人とは違っていたのかもね」

多江が含み笑いをしながらそう言ったが、そのことは私自身がとうの昔に気が付いていたことだった。

「ああ、確かにその通りだと思う。最初は本能的であっても、本気になればなるほど愛する対象の全人生を考えてしまうんだな。そのことで君を一回、突き放してしまったんだ」

「その辺が自分勝手だというのよ。そこに私の気持ちは少しも反映されていなかったのだから」

「そうだね。私自身の物差しでしか相手を見ることが出来なかったということだ。でも、僕が彼女を日本に連れてきた時、君は献身的に彼女の面倒をみてくれた」

「私はそこに何の抵抗も感じなかったわ。これは本当の話よ。ナタリーが、私があなたの前妻と知っても、決して嫉妬しなかったように、私も彼女に嫉妬することはなかった。その理由が分かる？　私もナタリーもあなたの愛の形を知っていたからよ。だから……」

「だから何だい？」

「今、あなたの前に不幸な女性が現れたら、私はまた捨てられるかも知れないってことよ」

「あははは。残念ながら僕はもうそれほど若くはないよ。君が間違いなく僕の終着点だ」

車はやがてウェストキャンプに到着し、私はかつて住んでいた家の手前で車を停めた。

「ああ、ここもすべてが昔のままだ。ドライブウェイの洋梨の並木道。秋になるとよく鹿が食べに来ていたんだ」

懐かしい家は残っていたものの、フレミング神父の姿はそこにはなかった。そして、そこから生活感が伝わってくることはなかった。

「こういうのを諸行無常というのよねえ。でも、ナタリーはこんな素晴らしいところで育ったのねえ」

「少し歩いてみようか」

日はすでに落ち、道の両側に広がる森は、群青の世界に溶け込むように佇んでいた。

二十数年前、この場所で繰り広げられた小さなドラマが、私の人生を大きく揺さぶることとなったのだ。ナタリーと初めて会った日、彼女は少しばかりはにかんだような挨拶をしただけであったが、やがて互いに惹かれ合うようになった時、私は彼女の指のことを知ったのだった。そしてそれが深刻な病であることが分かると、多江のいう通り、私は何としてでも彼女を救いたいと思い始め、その手段として結婚を選んだのであった。

空き家とはいえ、あまり奥にまでは入ることは出来なかったが、ドライブウェイを半分ほど登ると、正面にナタリーとその家族が住んでいた家がかすかに見えた。

「あれがナタリーの家だ」

「暗くてよく見えないけど、だいぶ古そうな家ね」

「当時ですら、あばら家寸前だったからね。人が住まなくなったら、益々荒れていくものなんだな」

一匹の蛍が私たちの前に現れたのはその時であった。

「きっとナタリーよ！」

多江がそう言いながら静かに手を差し伸べると、その蛍は当然のように彼女の指先にとまったのである。

「ああ、そうだな。だから君のひとさし指に……」

私はしばらくの間、言葉を発することが出来なかった。何かを言えば嗚咽になるのが分かっていたからだ。

蛍はしばらく彼女の指の上で佇んでいたが、やがて宙に浮き、私たちの周りを一周すると、淡い光を点滅させながら漆黒の森の中へと飛び去っていった。

「ここに来て本当によかったわ。私も何故か、吹っ切れたような気持ちよ」

「多江、本当にこれまで有難う」

「今更何を言うのよ」

「これまでの20年、僕は精一杯君に尽くしてきたつもりだが、これからはより一層君に尽くすことにするよ」

「その言葉信じてもいいの？」

「もちろんだとも」

「ならば、一つお願いがあるの」

「何なりとどうぞ」

「ウッドストックにいる間に、私とレイコさんとでずっと話し合っていたの。あそこにいる芸術家たちは、その殆どが医療保険に入っていないんですって。まあ、若い人が多いので、それほど病気のリスクはないとは思うのだけど、皆、母国を離れて心細い思いをしているのだそうよ。だから基金を募って、彼らを保険に入れてあげたいと考えたの」

何よりもこの国における無保険の悲惨さは、肌身をもって感じてきた私である。

「分かった。君への恩返しもかねて、その話を進めようではないか。今、クラウドファンディングという方法がはやり始めていると聞く。ネットを使って、世界中から資金を集める方法だ。資金提供者には彼らの作品を送るっていうのはどうだい？」

「私たちもその方法を考えていたの。でも、資金が集まるのをじっと待っているわけにはいかないわ」

「その先は言わなくていい。どこまで出来るかは分からないが、当初の資金を賄うとしよう」

「ありがとう孝夫！　さっそくレイコさんに伝えるわ。彼女にはこのウッドストックで当面の窓口になってもらうつもりよ！」

二十数年前と同じ匂いがする空気を吸い、心地よい夜風に当たりながら、私はこれまでにない幸福感に浸っていた。かつてこの国の医療を恨んでいただけの身が、わずかとはいえ、この国の医療のため動くことが出来る、これこそナタリーへの少しばかりの供養にもなるのではないかと私は思った。

「ナタリー・ヘルスケアファウンデーション・フォー・アーティスト・イン・ウッドストック、これが基金の名前よ。もうそこまで決めちゃったの」

多江はそう言いながら私に寄り添ってきたのだった。

「すごい名前だね。ナタリーもきっと喜ぶだろう。そろそろ車に戻ろう。明日は日本に帰る日だ」

ふと見上げた空には満天の星が煌めいていた。

(タカオ、何時までもタエを大切にしてあげてね)

風の音とともにかすかに聞こえたのは確かにナタリーの声であった。

了

※本文中の「看護婦」表記は、当時の呼称によるものです。

〈著者紹介〉
福ゐ行介（ふくい こうすけ）
1956年福岡市生まれ。日本大学芸術学部写真学科卒。医療経営コンサルタント団体役員、大学非常勤講師在任中から作家活動に入る。著書に近未来における社会保障制度の危機を主題とした『シロガミ』、安楽死制度の導入で将来に対する希望を失った高齢者たちが農業再生を通じて再び生きる歓びを取り戻すというフィクション小説『彩雲－続・シロガミ』（いずれも高齢者住宅新聞社刊）がある。

ナタリー

2025年4月23日　第1刷発行

著　者　　福ゐ行介
発行人　　久保田貴幸

発行元　　株式会社 幻冬舎メディアコンサルティング
〒151-0051　東京都渋谷区千駄ヶ谷4-9-7
電話　03-5411-6440（編集）

発売元　　株式会社 幻冬舎
〒151-0051　東京都渋谷区千駄ヶ谷4-9-7
電話　03-5411-6222（営業）

印刷・製本　中央精版印刷株式会社
装　丁　　弓田和則

検印廃止

Printed in Japan
ISBN 978-4-344-69258-9 C0093
幻冬舎メディアコンサルティングHP
https://www.gentosha-mc.com/